「……だめよ、ヴィル、ヘルミナ……」

灼眼のシャナIX

プロローグ

人ならぬ者たちが、この世の日に陰に跋扈《ばっこ》している。

古き一人の詩人が与えた彼らの総称《そうしょう》を〝紅世《ぐぜ》の徒《ともがら》〟という。

「これが……この度《たび》の託宣《たくせん》に依りて得られた式です。どうですか、おじさま」

「んー、んんーっん！　こぉーれはまた、凄《すご》ぉーいものを持ち帰ってくれましたねぇー？」

自ら称して〝渦巻《うずま》く伽藍《がらん》〟、詩人名付けて〝紅世《ぐぜ》〟という〝この世の歩いてゆけない隣《となり》〟から渡り来た彼ら〝徒《ともがら》〟は、人がこの世に存在するための根源の力、〝存在の力〟を奪うことで自身を顕現《けんげん》させ、在り得ない不思議《ふしぎ》を起こす。思いの侭《まま》に、力の許す限り、滅びのときまで。

「核から二十二層、循環部《じゅんかんぶ》は五百六……よぉーくもまあ、こぉーこまで複雑な式を構成でぇーきたものです。まぁさにエエークセレントッかつエエーキサイティング、ッジョブ！　なあーにより、その解析《かいせき》という私への挑《ちょう》・戦《せん》!!　『星黎殿《せいれいでん》』に戻った甲斐《かい》があぁーりましたねぇー!?」

彼らに〝存在の力〟を喰われた人間は、いなかったことになる。

これから伸び、繋《つな》がり、広がるはずだったものを欠落させた世界の在り様《よう》は、歪《ゆが》んだ。〝徒《ともがら》〟

の自由自在《じざい》な跳梁《ちょうりょう》に伴い、その歪《ゆが》みは加速度的に大きくなっていった。

「しぃーかし、必要な部分の顕現《けんげん》は、とぉーっくの昔に終わったんですが……この超《ちょう》！　複雑な式の用途は、いったいなぁーんなのか？　ヘカテー、奴《やつ》はなにか言いーってましたか？」

「これが、最後の式だと」

やがて、強大な力を持つ〝徒《ともがら》〟たる〝紅世《ぐぜ》の王〟らの中に、そんな状況への危惧《きぐ》を抱く者が現れ始めた。大きな歪みがいずれ、この世と〝紅世《ぐぜ》〟双方に大災厄《だいさいやく》を齎《もたら》すのではないか、と。

そして、一部の〝紅世《ぐぜ》の王〟らは、同胞《どうほう》を狩るという苦渋《くじゅう》の決断を下した。

「んなぁーるほど……いぃーよいよ、本気で始めるつぅーもりですか。組うーみ込むための再《さい》構成は、慎重《しんちょう》に慎重を期いーすことにしましょう。少々、時間がかぁーかりそうですねぇ」

「おじさま」

「ん～ん？」

彼らの尖兵《せんぺい》、あるいは武器となったのは、〝徒《ともがら》〟への復讐《ふくしゅう》を願い誓った人間……己《おの》が全《ぜん》存在を〝王〟の器《うつわ》として捧げ、異能《いのう》の力を得た人間……討滅者《とうめつ》〝フレイムヘイズ〟。

「『奴』などという呼び方は改めてください」

「……」

この討《う》ち手《て》らに追われ、狙われ、狩られて……それでも〝徒《ともがら》〟らは、生きていく。

思いの侭《まま》に、力の許す限り、滅びのときまで。

1　母の城

早朝の坂井《さかい》家玄関《げんかん》で、間延《まの》びした呼び鈴《りん》が鳴ってから一拍、

平淡《へいたん》な、しかし凛《りん》とした女性の声が響《ひび》いた。

「御免《ごめん》ください」

「!!」

なぜか今日は居間にいた、上下ジャージ姿の坂井悠二《ゆうじ》が、ギクリと体を硬直《こうちょく》させる。

「？……こんな朝早くに、どなたかしら」

挙動《きょどう》不審《ふしん》な息子《むすこ》をとりあえず置いて、その母・坂井千草《ちぐさ》は暖簾《のれん》を潜《くぐ》って廊下に出た。

いつもなら、息子に稽古《けいこ》（彼らは古風《こふう》に『鍛錬《たんれん》』と呼んでいた）をつけてくれる可愛《かわい》い少女が現れるはずの時間だが、

（シャナちゃんとは違う声だったわね）

思いつつ玄関に向かう千草を、悠二が追いかけてきた。

「あ、か、母さん」

少女による毎朝の稽古《けいこ》のおかげか、最近、僅《わず》かながら線の太さを感じさせるようになってきた息子《むすこ》が、今朝《けさ》は妙《みょう》にオドオドしている。

千草《ちぐさ》はその様子《ようす》にピンと来た。

（心当たりがあるみたいね……シャナちゃんに関係のある方なのかしら？）

思う間に、短い廊下から玄関に出る。

来客たる女性は声をかけた後も、律儀《りちぎ》に扉の向こうに立ったままでいるらしい。

千草はすぐサンダルを履《は》いて、扉を開けた。

「あら、シャナちゃん。おはよう」

開けた先には、毎《まい》早朝訪《たず》ねてくる、そしてほぼ毎日夜まで坂井《さかい》家で過ごす少女・平井《ひらい》ゆかりこと『シャナ』が、やはり常と同じ体操着姿《すがた》で立っていた。ただ今朝、その表情は硬く、ともすれば暗く、さらには緊張《きんちょう》さえしていた。

「おはよう、千草」

短い挨拶《あいさつ》も、微妙《びみょう》に歯切れが悪い。その黒い瞳は、チラチラと横を窺《うかが》っている。

千草が目を移した少女の傍《かたわ》らに、欧州《おうしゅう》系らしい一人の女性が立っていた。さっき来訪を告げた人物らしい。流暢《りゅうちょう》に、しかし平坦《へいたん》な声で挨拶する。

「初めまして、奥様」

顔を確かめ合う間も僅か、女性はからくり人形のように急な動作で腰を折り曲げた。お辞儀《じぎ》のつもりらしい。背負っていた唐草模様《からくさもよう》の風呂敷《ふろしき》包みが、その勢いで後頭部をガツンと打つが、特に堪《こた》えた様子《ようす》もない。

「まあ、奥様だなんて……失礼ですけれど、平井ゆかりさんの?」

照れつつも千草は尋《たず》ねた。あだ名ではなく、本名として知らされている方の名で。このあたりはさすが、世間付き合いに長《た》けた主婦である。

「はい」

短い返答とともに、また勢いよくバネ仕掛けのように体を起こした女性は、奇妙《きみょう》な格好《かっこう》をしていた。

丈長《たけなが》のワンピースに白いヘッドドレスとエプロン、編上げの長靴……まっすぐに伸ばされた背筋《せすじ》も含めたその姿は、いわゆるメイドと呼ばれる種類のもの。それが、唐草模様の風呂敷包みを背負っている。今時《いまどき》見ない出で立ちだった。

「幼少よりお仕えさせていただいた給仕《きゅうじ》であります」

肩までの髪の内にある端正な顔立ちは、声以上に情感に乏しい。

逆に千草は、大いに喜色《きしょく》を表して来訪を歓迎する。

「それはそれは、はるばる遠い所を、ようこそお越しくださいました」

「……」

女性は、それで自己紹介が終わったかのように黙ってしまった。

「……？」

不思議《ふしぎ》そうな顔をして肝心《かんじん》な部分の紹介を待つ千草《ちぐさ》に、シャナが急いで付け足した。

「ヴィルヘルミナ・カルメルっていうの。アラストールの古い友達」

「そう、アラストオルさんの……ああ、玄関先《さき》でお話するのもなんですから、どうぞおあがりください。ろくなお持て成しもできませんけれど」

「はい。それでは、お言葉に甘えさせていただくのであります」

謹直《きんちょく》に、妙《みょう》な口調《くちょう》で答えて、ヴィルヘルミナは玄関に入った。廊下で顔を強張《こわば》らせて立つ悠《ゆう》二《じ》の姿に一瞬目《め》をやり、しかし反応を示さず靴を脱ぐために屈《かが》む。また、背負った風呂敷《ふろしき》包みが頭をゴンと叩《たた》いた。

千草が、息子《むすこ》の態度を軽く叱《しか》る。

「悠ちゃん？」

「え、あ、いらっしゃ……い」

悠二は吐息《といき》にさえ擦《かす》れる、か細い声しか出せなかった。

そんな彼を気遣《きづか》うように、

「悠二」

続いて入ってきたシャナが声をかけた。

僅《わず》かに安堵《あんど》する悠二、心持ち微笑《ほほえ》むシャナ、その二人の間を塞《ふさ》ぐように、靴を脱いだヴィルヘルミナが立ち上がった。

その双眸《そうぼう》が、僅かな感情を表して眇《すが》められる。

そのとき、

「どうぞ、カルメルさん」

千草がにこやかに言って、来客用のスリッパを出した。

「……痛み入ります、奥様」

ヴィルヘルミナはこの水入りで、また感情を奥に隠《かく》した。

と、その隙《すき》を狙っていたかのように、

「悠二、始めるわよ」

シャナが素早く手を伸ばして、悠二の袖《そで》を引いた。

「うわっ!? 僕まだ靴、靴履《は》いてないって!」

「いいから!」

引いて引かれて、二人は玄関先から毎朝の鍛錬《たんれん》場所である庭へと走って行った。

「……」

その様子《ようす》をじっと見送るヴィルヘルミナに、千草は改めて声をかけた。

「さ、おあがりください」

坂井悠二《さかいゆうじ》は人間ではない。

かつて彼の住む街・御崎市《みさきし》を襲《おそ》った〝紅世の徒《ぐぜのともがら》〟一味に〝存在の力〟を喰われて死んだ『本物の坂井悠二』……その残り滓《かす》から作られた代替物《だいたいぶつ》・トーチだった。

トーチは、時とともに存在感や居場所、役割を失い、人知れず消えていくモノ。

徐々に周囲の人々からそこに居《い》ることを忘れられ、本人の気力も意欲も失せ、惜しまれることも悲しまれることも、惜しむことも悲しむこともなく……いつしか消える、無情の道具。

〝徒《ともがら》〟にとっては、人を喰らうことで生まれる歪《ゆが》みの発生を和《やわ》らげ、討滅者《とうめつ》フレイムヘイズの追跡をかわすために作られる、誤魔化《ごまか》しの道具。

悠二は、その一つ……ただし、ただの道具でもなかった。

身の内に、宝具《ほうぐ》を宿していたのである。

時の事象に干渉《かんしょう》する、〝紅世《ぐぜ》〟秘宝《ひほう》中の秘宝『零時迷子《れいじまいご》』である。

この、毎夜零時に宿主《やどぬし》が一日に消耗《しょうもう》した力を回復させるという、一種の永久機関の働きによって悠二は人格や存在感を維持したまま、日々を送ることができていた。

宝具を宿すトーチ、『旅する宝の蔵《くら》』〝ミステス〟として。

人ではない存在による、人としての生活を。

とはいえ彼も、歴《れっき》とした〝紅世《ぐぜ》〟の関係者である。生活の一部には、常人《じょうじん》には有り得ない光景や習慣も入り込んでいた。具体的には、毎朝毎晩の鍛錬《たんれん》である。

彼はシャナと出遭《であ》ってからの数ヶ月、

短期的には、〝徒《ともがら》〟との戦いで得られた経験を確認し、練磨《れんま》し、昇華《しょうか》させるために、

長期的には、いつかこの街から巣立ち、シャナとともに歩いてゆく力を蓄えるために、

朝は主に基礎的な体術を、夜は主に〝存在の力〟の繰《く》りを、シャナとアラストールの二人を師として心身に叩《たた》き込んできた。そうすることで、今の自分の置かれた不安定な立場に、自分という不可思議《ふかしぎ》な存在に、未来や意義、道を作り出すかのように。

今、坂井家の庭で行っているのは、その朝の方だった。

（分かる）

思う悠二の眼前、体操服を着た小柄《こがら》な少女が、流れる。

その表現こそ相応《ふさわ》しい、滑《なめ》らかかつ留まることのない体捌《たいさば》きと、木の枝による鋭い斬撃《ざんげき》。足の運びと腕の振りは、軽やかかつしなやかで、なにより強い。舞う風の顕現《けんげん》のように、腰まである黒髪《くろかみ》が朝日の中に靡《なび》き輝いて、思わず見惚《みほ》れてしまいそうになる。

しかし悠二は今、それらへの痺《しび》れるような感嘆《かんたん》とは別のものを感じている。

（分かるぞ）

体術の鍛錬における実際の行為は、『彼女がぶっ叩きにくる木の枝をひたすら避ける』というだけの単純なものである。もちろん、単純ではあっても容易ではないが。

シャナが上から下から、ときにはフェイントもかけて、しかし悠二《ゆうじ》の体ギリギリの場所に木の枝を振り向ける。刹那《せつな》の爆発力を備えた、隙《すき》と途切《とぎ》れを見せない流麗果断《りゅうれいかだん》な斬撃《ざんげき》だった。

息も吐《つ》かせぬ、という言葉の意味を悠二はまさに体感する。

(力が)

恐らくは『零時迷子《れいじまいご》』の機能の一つなのだろう、〝存在の力〟への——ときにはフレイムヘイズ『炎髪灼眼《えんぱつしゃくがん》の討《う》ち手《て》』たるシャナよりも——鋭敏《えいびん》な知覚が報《しら》せる。

眼前、木の枝を縦横《じゅうおう》に振るう少女の中で〝存在の力〟が高まっていくのを、燃焼《ねんしょう》にも似た力の変換が起きるのを、その爆発の力が噴《ふ》きだす予兆《よちょう》を、見て取る。

(集まる)

一つ力の流れ、

一つ所への集中、

一つ動作の発生、

幾《いく》つも振り回される見せかけの斬撃の中に混じる『本命の一撃《いちげき》』が向かうのは——

(——ここだ!!)

「はずれ」

反応して避けようとした先に、シャナが一言、一歩、一太刀《ひとたち》を差し出していた。

回避するための出足を軽く払われて、悠二はつんのめる。

「っと、わあっ⁉」

無様《ぶざま》に転ぶ寸前《すんぜん》、素早く地面に手を着いて、中腰《ちゆうごし》の体勢を立て直す。鍛錬《たんれん》の中でようやく身に付けた（本人としてはいささか不本意《ふほんい》な）体捌《たいさば》きである。

見上げた先で、息も乱さず小柄《こがら》な体躯《たいく》を屹立《きつりつ》させるシャナが、軽く髪を払った。先刻までの不安げな様子《ようす》を微塵《みじん》も感じさせない冷徹な声で採点する。

「繰り出すタイミングを感じるまでは漕《こ》ぎ着けたけど、その後に手こずるみたいね」

「そ、そんな簡単にフレイムヘイズの、本気の一撃を見切れたら苦労しないよ」

反対に、胸の内まで乾くように息を切らした悠二が、膝《ひざ》に掌《てのひら》を載せて弁解《べんかい》する。

が、もちろん、シャナはこういう点に関しては容赦《ようしゃ》がない。

「全然、本気の一撃なんかじゃない」

「……」

「何度も言うけど、高まった力がどこに溢《あふ》れていくか、それも全体の流れに則《のっと》ったものなんだから、感じることができるはずよ」

珍しく、大きな声で説明を繰り返す少女に、悠二は頷《うなず》いてみせる。

「……うん。まあ、ここまではできたんだし、やってみるさ」

今度は答えず、シャナは木の枝を軽く手首だけで回した。

ヒュヒュ、と鋭い唸《うな》りが早朝の空気を渡り、悠二に緊張《きんちょう》を促《うなが》す。

「いくわよ」

髪が宙に残されるように靡《なび》き、また次の二十振《にじゅっふ》りが始まる。

「よーし、来い」

始めた当初、鍛錬《たんれん》の項目は『振り回す枝を、目を開けて見続ける』だけだった。

それがいつの頃からか、『前もって声をかけた一撃《いちげき》を避ける』になっていた。

今では、『十九回の空振《からぶ》りの後に繰り出す、二十回目の本命の一撃を避ける』という複雑なものになっている。相手の手数を数えながら力の高まりと一撃の繰り出される向きを感じるという、冷静さと鋭敏《えいびん》さが求められるこの厳《きび》しい鍛錬を、悠二《ゆうじ》はさんざん打っ飛ばされつつも、とにかく諦《あきら》めずに続けている。

今朝《けさ》は特に、身を入れて。

お互いに、と感じながら。

悠二は、斬撃《ざんげき》を鋭く繰り出す少女の姿に違和感《いわかん》を抱いていた。

(シャナ、どうしたんだろう)

彼女の厳しさが、いつもとは違う。

常の余裕《よゆう》が、まるでない。からかうこともなく、すぐ黙ってしまう。身動きも最低限で、頬《ほお》が硬く引き締まっていて、視線をチラチラと他所に移す。短い付き合いながら、それら細かな挙措《きょそ》の全てが分かる。感じられる。

鍛錬の場で、こんなに落ち着きのない彼女を見るのは初めてだった。

（やっぱり、あの人……）

ギリギリの場所を過ぎる木の枝に冷《ひ》や汗を流しながら、また思う。

（ヴィルヘルミナ・カルメルっていったっけ……あの人を気にしてるのかな？）

昨夜、友人たちと花火をした帰り道、シャナと二人きりでなんとなく、、、、——

（いや）

正直に認めて、、、、、ものすごくいい雰囲気《ふんいき》になっていたところに、突如《とつじょ》、割って入った、奇妙《きみょう》な格好《かっこう》と口調《くちょう》のフレイムヘイズ……悠二は、このヴィルヘルミナという女性について、ほとんどなにも知らない。遭遇《そうぐう》してすぐ、会話の場から追い払われたためである。

（——「今より、フレイムヘイズ同士の会議を行うのであります」——）

という彼女の言葉は、シャナとともに幾度《いくど》も〝紅世の徒《ぐぜのともがら》〟との激しい戦いを潜《くぐ》り抜けてきた、と密《ひそ》かに自負していた彼の『少年としての誇り』を、いささか以上に傷つけた。

（いや、そんな、そんなことは、どうでもいいんだ）

と、斬撃の誘導《ゆうどう》する方向にステップを踏みながら、心中《しんちゅう》密かに強がってみる。

（それよりも、シャナだ）

彼女の緊張《きんちょう》の度合《どあ》いは、明らかに普通ではない。いかなる敵も恐れず立ち向かうフレイムヘイズ、まさに炎の化身《ほのおのけしん》のような烈《はげ》しくも美しい——

（というか、可愛《かわい》）

「いがっ⁉」

つい気を緩ませた悠二《ゆうじ》は、当てに来た二十振《にじゆっよ》り目を、横合いから肩に受けて吹っ飛んだ。

「あっ⁉」

その一撃《いちげき》を振るったシャナも驚く。

〝ミステス〟の少年はゴロゴロと二回半ほど転がって、狭い庭の茂みに頭から突っ込んだ。

シャナは大声を上げたことを後悔《こうかい》したらしく、微妙《びみよう》に声をすぼめて、この失態《しったい》を叱《しか》る。

「な、なんで、よりによって今日……馬鹿！」

「そ、そんなこと、言ったって」

打たれた肩をさすりながら、悠二は身を起こした。派手《はで》に吹っ飛ばされこそしたものの、ダメージは打撃を受けた箇所に残る鈍痛《どんつう》だけで、負傷というほどのものはない。この打たれ強さは夜の方、〝存在の力〟を繰《く》る鍛錬《たんれん》の成果らしい。安堵《あんど》の溜息《ためいき》とともに、体に付いた埃《ほこり》や葉っぱを払って立ち上がる。

そのついでに見れば――これで何度目か――シャナは庭の真横、縁側代《えんがわ》わりの大窓から続きの居間を、横目で窺《うかが》っている。言うまでもなくそこは、ヴィルヘルミナ、母・千草《ちぐさ》、アラストールらによる会談の行われている場所である。

その、あからさまな動揺《どうよう》の姿に、悠二はまた思う。

(よりによって、今日？)

やはりシャナは、相当にあの無愛想《ぶあいそう》な女性の存在を意識しているようだった。出会った際の会話から、彼女がシャナを育てた云々《うんぬん》、興味深い事柄《ことがら》の断片《だんぺん》を聞いている。どうやら彼女は、自分の知らないシャナの過去に、深く関わる人物であるらしい。

しかし今、シャナがこうして自分をしごいて鍛錬《たんれん》をアピールし、また無様《ぶざま》なことになって慌《あわ》てたりしていることと、その話は一体どう関係しているのだろう。今さら育ててくれた相手にいいところを見せたいわけでもないはずだが。

(今やってる鍛錬は、別にフレイムヘイズの使命とは関係ないんだし)

そう、シャナ自身には関係がなさそう……とすると、いいところを見せねばならないのは、

(もしかして、僕なのか？)

思う彼の前、やや小さな声でシャナが注意する。

「今度は気を付けて」

「分かった」

悠二《ゆうじ》は頷《うなず》いて腰をやや低く落とし、これ以上無様を晒《さら》さないよう、構える少女の全てに神経を集中させる。させつつ、しかしあのヴィルヘルミナという女性のことに、重く暗い気持ちを向けずにはいられない。

より正確には、ヴィルヘルミナという女性が、シャナに対してなにをしたか、なにを言った

か、ということにである。

（まさか、この世を荒らす〝徒《ともがら》〟を討滅《とうめつ》して回るのがフレイムヘイズの使命なのに、一箇所に留まって……僕なんかに構ったりしているから、怒られたんだろうか？）

悠二は、完全に誤解《ごかい》していた。

（たかが〝ミステス〟一つのために使命を疎《おろそ》かにしている、って……あんな厳《きび》しそうな人だからな……なんとか、シャナは悪くないってことを説明できないかな）

悠二は、シャナが叱《しか》られたのだとばかり思っていた。

（アラストールも、とりあえずこの街への滞在に納得《なっとく》してくれたんだし……そうだ、なんならマージョリーさんにでも、『シャナは怠《なま》けたりなんかしてない、この街を襲《おそ》った〝王〟を何人もやっつけてる』ってことを話してもらおう……元々、あの人が呼び寄せたらしいし）

（うん、そうしよ）

悠二は、呑気《のんき》に思う。

「うぼはっ!?」

また懲《こ》りずに次の二十《にじゅっ》振《ぷ》り目を横《よこ》っ面《つら》に食らって、悠二はぶっ飛んだ。

シャナが怒り半分、動揺《どうよう》半分の叱声《しっせい》をあげる。

「ああっ!?　もう――――！」

昨夜、ヴィルヘルミナ・カルメルは、秘宝《ひほう》『零時迷子《れいじまいご》』を蔵《ぞう》する〝ミステス〟坂井悠二の扱いについて、シャナに、こう提言していた。

この〝ミステス〟を破壊してしまえ、と。

坂井悠二《さかいゆうじ》は、自分の危険な立場に、全く気付いていなかった。


一方、坂井家の居間では、食卓を囲む保護者三人による面談が粛々《しゅくしゅく》と進んでいた。

来客を迎えるため居間のテレビは消されていたので、庭から何度か上がる、悠二の間抜《まぬ》けな絶叫《ぜっきょう》とぶっ飛ばされる騒音が、やけに大きく聞こえる。

また一つあがった声と騒音、少女の小さな叱声《しっせい》を聞いて、千草《ちぐさ》はクスリと笑った。

「まあ、悠ちゃんったら。今日は随分《ずいぶん》と熱心ねえ」

「……」

対面に座ったヴィルヘルミナは答えず、無表情に見つめ返す。

その二人の間で、

「ゴホン」

と遠雷《えんらい》のように重く深い声が、しかしどこか上擦《うわず》った調子で、スピーカーから響《ひび》いた。

声の主は、シャナと契約し、フレイムヘイズとしての力を与える〝紅世《ぐぜ》〟の魔神《まじん》〝天壌《てんじょう》の劫《ごう》

火《か》〝アラストールである。彼は、

（まったく、今日くらいは模範《もはん》的にできぬのか、痴《し》れ者め……）

図らずも契約者と同じ形で、情《なさ》けない少年を心中《しんちゅう》で叱《しか》っていた。

普段は黒い宝石に金の輪をかけたペンダント〝コキュートス〟に意志を表出《ひょうしゅつ》させている彼は今、それを内蔵した携帯電話として、テーブルの上にある。その携帯電話からは二又《ふたまた》のコードが伸びて、両脇《りょうわき》に置かれたミニコンポ大のスピーカーに繋《つな》がれていた。これこそヴィルヘルミナが背負ってきた大きな風呂敷《ふろしき》包みの正体であり、保護者のみによる三者面談《めんだん》を不都合《ふつごう》なく行うための設備でもあった。彼女はこういう、機械類の細工《さいく》においても有能な女性なのである。

（それにしても）

携帯電話の中、アラストールは炎《ほのお》の魔神らしからぬ、冷や汗に塗《まみ》れる思いをしていた。このテーブルを囲む三者面談において彼の立場は、その身の置き所と同様、非常に微妙《びみょう》である。背筋《せすじ》を伸ばした、まるで人形のように謹直《きんちょく》な姿勢で座るヴィルヘルミナ・カルメル。常の如《ごと》く柔らかな微笑《ほほえ》みを浮かべ、特に緊張《きんちょう》するでもなく対面で向き合う坂井千草。

この両者の間、テーブルの一辺に、彼こと〝コキュートス〟内蔵のスピーカー付き携帯電話が、まるで行司《ぎょうじ》のように配置されているのである。

（この状況は、まずい）

なにか自分が、とんでもない役割をあてがわれているように感じて、偉大なる（はずの）〝紅《ぐ》世《ぜ》〟の魔神《まじん》は戦慄《せんりつ》していた。

そんな彼の心中《しんちゅう》を知ってか知らずか、千草《ちぐさ》がなんということもなく話を続ける。

「カルメルさんは、シャナちゃんの養育係だと言うことですけれど、この度《たび》、訪《たず》ねてくださったのは、シャナちゃんに――」

「……」

能面のように固まったヴィルヘルミナの顔、その前髪の間で、右の眉《まゆ》が僅《わず》かに強張《こわば》りの動きを見せた。

（いかん）

奥方《おくがた》に前もって説明しておくべきだったか、とアラストールは焦る。

ヴィルヘルミナは〝夢幻《むげん》の冠帯《かんたい》〟ティアマトーと契約した、〝紅世《ぐぜ》の徒《ともがら》〟討滅《とうめつ》の使命を持つフレイムヘイズの一人、『万条《ばんじょう》の仕手《して》』である。

彼女は、アラストール、もう一人の同志（アラストールは、この男の名を極力思い浮かべないようにしている）とともに、数百年の歳月《さいげつ》をかけて純粋培養《ばいよう》のフレイムヘイズ『炎髪灼眼《えんぱつしゃくがん》の討《う》ち手《て》』たる少女を作り上げた人物である。

特に彼女は、『当時名を持たなかった、持つ必要がなかった、ただ一つの称号《しょうごう》を冠《かん》することを期待され、相応《ふさわ》しいと見做《みな》されていた少女』の、人間としての生活における全般の指導を担当してきたため、ひときわ深く、育ての親として少女を愛していた。また、アラストールら三人が、新たな『炎髪灼眼《えんぱつしやくがん》の討《う》ち手《て》』を作り上げる、と誓った女性の、無二《むに》の親友でもあった。

そんな彼女は昨夜、自分たちの育て上げた完璧なはずの、どこまでも強く生きるはずのフレイムヘイズと数年ぶりの再会を果たし……そこに、全く思いもよらぬものを見たのだった。

どこの馬の骨とも知れぬ〝ミステス〟の少年に寄り添う、まるで市井《しせい》の一《いち》人間の如《ごと》く——

（まあ、認めたくはないが、しかし……そうなのだろう）

——恋する少女となり果てた『炎髪灼眼《えんぱつしやくがん》の討《う》ち手《て》』の姿を。

自分たち三人、数百年をかけた情熱と執念《しゆうねん》の精粋《せいすい》をそのように変えてしまった、この街での暮らしの象徴《しようちよう》が、本来は持っていなかった、使命の塊《かたまり》たる『炎髪灼眼《えんぱつしやくがん》の討《う》ち手《て》』には必要のない、『シャナ』という名前なのだった。

それを、元凶《げんきよう》たる馬の骨の親・千草が、

「シャナちゃんに——」

とごく自然に通称として使っているのである。不機嫌《ふきげん》にならないわけがなかった。

本来これは、悠二がフレイムヘイズの少女に即興《そつきよう》で付けた名であり、アラストールもいつしか認めていた通称であり、千草にもそう呼ぶよう言ったあだ名だった。

だから今、彼女がそれを口にするのは当然のことなのだが、ヴィルヘルミナが感じるものに変わりがあるわけではない。

「——一人暮らしをさせていることが、心配だったからですか？」

「その通りであります、奥様」

平然と受け答えしてこそいるものの、代わりに声は恐ろしいほどに冷えている。

「やっぱり。年頃《としごろ》の女の子ですからね、分かりますわ」

「……」

ヴィルヘルミナの眉《まゆ》が密《ひそ》かに、しかしギリギリと音を立てるように半ミリ、釣《つ》りあがった。

(うっ、いかん、しかし)

どっちにどう味方すべきなのか、さっぱり見当《けんとう》のつかないアラストールである。

そもそも彼は、シャナ以上に『この世のバランスを守る』という使命に殉《じゅん》じる〝紅世《ぐぜ》の王〟、戦いに生きる炎の魔神《ほのおのまじん》なのである。男女の恋愛《れんあい》など、理解できようはずもない。

(……いや)

実のところ、全く疎《うと》いわけでもない。

理解ではなく、感得《かんとく》していた。

しかし、永久に癒《い》せない痛みの下、胸の奥の奥に埋《うず》み火として抱いているその気持ちは、決して表《おもて》には出せない。

シャナのそれとは、なにもかもがあまりに違いすぎるのである。

それは、二人で一人のフレイムヘイズ『炎髪灼眼の討ち手《えんぱつしゃくがんのうちて》』として、戦火渦巻《うずま》く千軍万馬《せんぐんばんば》、乗り越え踏み越えた末に繋《つな》がれた、心の絆《きずな》。

（──「愛しているわ、〝天壌《てんじょう》の劫火《ごうか》〟アラストール、誰よりも」──）

二人の他には、誰への何にもなりはしない、唐突《とうとつ》で強引《ごういん》で頑迷《がんめい》な、解けない絆《きずな》。

彼は、そこからの気持ちしか知らない。

そこへと至るまでの経過はまことに味気ないもので、そうなるとは思わず、そうしようとも思わず、そうなっていきなり、全《ぜん》なる一つとなった。もちろん自ら語る気もない。

（どれだけ我が強く大きなものを抱いていても、助言を欠片《かけら》も漏らせないのであれば、結果としての現象はなにも分かっていないのと同じ、ということか……愚《おろ》かしいことだ）

それに、語る語らないを措《お》いても、彼の感得は特殊すぎて普遍《ふへん》性がなかった。気持ちの在り様《よう》もあまりに強力すぎて、今の少女の不安定なそれに対する参考にはなりそうにない。

だからその点、ごく普通の主婦、人と人の間にある気持ちを熟知《じゅくち》した大人《おとな》の女性である千草《ちぐさ》を、アラストールは大いに頼っていた。純粋培養《ばいよう》したがゆえに無防備な少女の心身を、無法な少年が抱く邪《よこしま》な欲望から守るために。実際その助言は何度も行われている。

つまり、シャナを守るという観点に立ってみれば、千草はむしろヴィルヘルミナの味方であるとさえ言えた。しかし反面、少女自身が求めるのならば、遠慮《えんりょ》なく恋愛の進展に一役買うところもある。千草の中では、その双方は矛盾《むじゅん》しない行為であるらしい。

人の心というものが明確に峻別《しゅんべつ》できない複雑なものであることを、長くこの世にあってなお痛感するアラストールだった。

「……奥方《おくがた》」

ペンダントから拾った声を、スピーカーが響《ひび》かせる。

「はい？」

千草《ちぐさ》は、いつものように柔らかく和《なご》やかな笑顔で答える。

（この笑顔が曲者《くせもの》なのだ）

とアラストールは、対処するに、あるいは〝徒《ともがら》〟よりも難しい相手について思う。

彼女は、他者の心の動きに敏感《びんかん》である。これまでも幾度《いくど》か彼女とは話したが、その時々、いずれも本心を悟《さと》られていた。そして彼女は常に、それと分かっていながら、そ知らぬ顔で相手にとって適切な助言を与えるのである。

今も、恐らくは分かっているはずだった。

理由はともかく、ヴィルヘルミナの心が穏《おだ》やかならぬものであると。

（危険だ）

と思う。千草が何を言うか、全く予想できない。自分が驚かされるだけなら問題はないが、今日は相手が相手である。事態は密《ひそ》かに切迫《せっぱく》していると言っていい。下手《へた》をすると——

（——む、待て、我は誰を心配している？）

いくらヴィルヘルミナが内心激昂《げっこう》したからといって、千草に直接危害《きがい》を加えることは、フレイムヘイズの常識として、まずあり得ない。彼女が危害を加えるのは——

（――ふん、馬鹿な）

内心、わざと大げさに嘲笑《あざわら》う。

たかが〝ミステス〟一体、どうなろうと知ったことではない。そう、これはシャナのため。アレにもしものことがあれば、シャナが悲しむ。だから、そうならないよう気を遣《つか》っているだけのこと。そういうことなのである、あくまで。

（ここは、敬意《けいい》を払うべき奥方のためにも、事を荒立《あらだ》てぬようにせねば）

と〝紅世《ぐぜ》〟に威名轟《いみょうとどろ》かす魔神《まじん》らしからぬ事なかれ主義で、彼は二人の間に入る。

「ああ、奥方。できれば、ヴィルヘルミナ・カルメルの前では、あの子のことを『平井《ひらい》ゆかり』と呼んでやってはもらえまいか」

「……？　はい、平井ゆかりさん、ですね。なんだか久しぶりで、かえって新鮮ですわ」

言って微笑《ほほえ》む千草に、アラストールはやはり感嘆《かんたん》の念を抱いた。

普通は事情を訊《き》き返すものである。それを、興味などおくびにも出さず、あっさり承服《しょうふく》してしまった。ヴィルヘルミナが漂わせる不穏《ふおん》な空気を察していればこその対応だろう。

「我らの家は、格式《かくしき》にうるさくてな……ご面倒《めんどう》をおかけする」

などと、アラストールは要《い》らぬフォローまで入れてしまっていた。

ヴィルヘルミナはこのやり取りに口を挟むでもなく、冷ややかな視線だけを、自分の設置した機器の中央、携帯電話へと向ける。

(どのような理由から、その女性の肩を持つのでありますか)

(詮議《せんぎ》)

まるで、声を出さずに会話する自在法《じざいほう》を使われたかのように、ヴィルヘルミナとティアマトー、二人の女性からの追及を感じるアラストールである。彼女らは、アラストールの事情を知っているため、彼が他の女性と仲良くすることを好ましく思っていない。

(我には決して後ろ暗い所などないぞ)

と断じて思いつつも、その抗議は実際の現象として、また男性による女性への言い訳として、相手の心に届くことはない。どうしようもなく不条理《ふじょうり》、かつ不利な情勢だった。

辛《かろ》うじての救いの声が、場の雰囲気《ふんいき》を和《やわ》らげる。

「カルメルさんは今、その平井《ひらい》ゆかりさんのお家に滞在《たいざい》を?」

「はい、奥様」

シャナは、この街で〝徒《ともがら》〟に一家ごと喰われトーチとなった『平井ゆかり』という、悠二《ゆうじ》のクラスメイトの存在に割り込んでその立場を偽装《ぎそう》、生活基盤を得ていた。そうしてからすぐ、トーチとなった他の平井家の人間も消えたため、現在、彼女は一人暮らしをしていることになっている。ほぼ毎日、坂井《さかい》家に入り浸《びた》っていることもあり、その自宅であるマンションの一室は、ほとんど寝床兼倉庫という扱いだった。

ちなみに、数度に渡る千草《ちぐさ》との携帯電話越《ご》しの会談の結果、アラストールは海外で職務に励むシャナの育ての親、ヴィルヘルミナは、彼の元から遣《つか》わされた養育係、ということになっている。

「当分……そう、二、三ヶ月ほどは、この街に滞在する予定であります。その間、あの方の日常のお世話も、当然私が行わせていただくのであります」

微妙《びみょう》に挑発的な口調《くちょう》で告げたヴィルヘルミナは、

「それは素敵ですわ」

という、思わぬ同意の即答《そくとう》を受けた。

「――？」

彼女としては、母親面《づら》をして少女をいいように玩《もてあそ》んでいる女性に、自分こそが少女の保護者であると示した、そのつもりだった。だから当然、少女を取り上げられた女性は寂しがり、自分を疎《うと》んじると思っていた。相手がそう感じることに、暗い期待と優越感さえ持っていた。

ところが、その予想に反して千草は笑っている。それは虚偽《きょぎ》や阿《おもね》りでは在り得ない、喜びだけではない笑いだった。

「私どもも、少しは寂しさを紛《まぎ》らわせるお手伝いはしてこられたと思いますけれど……やっぱり本当の家族と一緒にいることが、あの子にとって一番でしょうから」

「家族」

不意を討たれたように、ヴィルヘルミナは声を漏らしていた。

アラストールも同じで、こちらは絶句《ぜっく》して言葉の意味を思う。

（家族）

彼女らは戸惑《とまど》った。

妙《みょう》な話ではあったが、それは少女を『炎髪灼眼の討ち手《えんぱつしゃくがんのうちて》』として鍛《きた》え上げ作り上げた面々《めんめん》、アラストール、ヴィルヘルミナとティアマトー、そして今は亡いもう一人の男が、一度たりと考えたこともない概念《がいねん》だった。

彼らにとって少女は、使命感と友情と愛情を原動力に数百年、尽きぬ妄執《もうしゅう》でもって鍛え上げた一個の芸術品であり、魔神《まじん》〝天壌の劫火《てんじょうのごうか》〟を容《い》れる無二《むに》の器《うつわ》であり、極言すれば、フレイムヘイズという機能そのものだった。

もちろん皆それぞれ、育てた時間相応《そうおう》に少女への愛情を持ってはいたが、それら感情、理非《りひ》善悪を超えてまず何より優先されていたのは『少女をフレイムヘイズとすること』だった。

少女の方も、自らの境遇《きょうぐう》を平然と受け入れて育ち、堂々と巣立っている。

しかし、それは他の生き方や価値観《かちかん》を与えられなかったから。

彼ら、少なくとも死んだ男を除いた三人はそのことをよく知っており、ゆえに少女に対して大きな負い目と罪悪感《ざいあくかん》を抱いていた。

少女が〝天壌の劫火《てんじょうのごうか》〟を容れるに足る器《うつわ》、時空《じくう》に巨大な可能性と影響《えいきょう》力の広がりを持つ『偉大なる者』であればなおさらである。彼らが『少女が本来この世で得るはずだった存在』を摘《つ》み取ったことによる人間世界の損失は、決して小さくはない。

そして、育てた四人の内、三人までが常人《じょうじん》の価値観を持たない異世界《い》からの客人たる〝紅世《ぐぜ》の王〟だった。ヴィルヘルミナ・カルメルただ一人だけが、本来の人の在り様《よう》を——必ずしも幸福なものではなかったらしいが——実体験として知っていた。

彼女だけが、知っていて、しかし教えなかった。

少女をフレイムヘイズとして作り上げるために。

恐らくは誰よりも近い場所で、愛していながら。

これら思いを巡らせる数秒の間に、アラストールは気付いた。

彼女も同じことを考えたのだろう、常の無表情に、僅《わず》かな揺らぎが生じていた。

数百年からの長い付き合いである彼には、その『僅か』がこの鉄面皮《てつめんぴ》の女性にとってどれほど大きな衝撃《しょうげき》を受けた証《あかし》なのか、よく分かった。

（……ヴィルヘルミナ・カルメル）

「そのように、不躾《ぶしつけ》な……私は血の繋《つな》がりもない、単なる養育係の身であります」

フレイムヘイズ『万条の仕手《ばんじょうのして》』は、なんとか事実で感情を抑制しようと試みるが、

「あの子の方は、単なる、とは思ってないようですよ？」

千草《ちぐさ》はその感情で事実を圧倒する。

「すごく、嬉《うれ》しそうです」

あまつさえ、皆のために心から笑った。

その笑みに釣《つ》られるように、

「そう、でありますか」

ヴィルヘルミナもつい、声を出していた。

アラストールは毎度のように感嘆《かんたん》する。

(まったく、恐ろしい)

坂井千草《さかいちぐさ》は、たった一つの単語を起点に『万条の仕手《ばんじょうのして》』の反抗を抑え、怯《ひる》ませてしまった。

その笑顔が、ただの呑気《のんき》さの表れでないことの意味が、本当に恐ろしい。

「血の繋《つな》がりなんか、一緒に暮らした家族にとっては些細《ささい》なことじゃありませんか」

という駄目《だめ》押しに、アラストールもヴィルヘルミナも、答えを用意できなかった。

そのとき、
湯沸《ゆわか》しポットが、ピー、とお湯が沸騰《ふっとう》したことを報《しら》せ、

「あら」

千草はあっさりと、張り詰めていた場の空気を融《と》かした。

なんということもなく彼女は立ち上がり、今度は単なるはにかんだ微笑《ほほえ》みで、固まっている
ヴィルヘルミナに尋《たず》ねる。

「お恥ずかしいのですけれど……急なことで、紅茶《こうちゃ》のティーバッグしかありませんの。お茶菓《が》

子《し》も、本当にお持たせでよろしいんですか？」

　その指すところの物は、ヴィルヘルミナが背負ってきた風呂敷《ふろしき》包みに入っていたもう一つのもの、和菓子の包みである。庭で暴れている少女の好みに合わせた、あんころ餅《もち》だった。

「どうぞお気遣《きづか》いなく、奥様」

　そう答えるのが精一杯《せいいっぱい》のように、ヴィルヘルミナは声を絞《しぼ》り出した。

「アラストオルさんの分も淹《い》れますね。二人だけというのは落ち着きませんし、せっかくですから顔合わせのお茶会のつもりで、ふふ」

「う、うむ、お任せする」

　アラストールは、一介《いっかい》の主婦が腕利きのフレイムヘイズと〝紅世《ぐぜ》〟真正の炎の魔神《ほのおまじん》を翻弄《ほんろう》しているという現状を思い、降参《こうさん》の溜息《ためいき》を密《ひそ》かに吐《つ》いた。

　坂井千草は、自分の密かな偉業《いぎょう》に、全く気づいていなかった。

　シャナは、焦っていた。

　数年ぶりに巡り会えた、自分の育ての親の一人であるヴィルヘルミナの酷《ひど》い提言に。

　坂井悠二《ゆうじ》を、破壊する。

目の前で必死に自分が軽く振る枝を避ける少年を、

〝徒《ともがら》〟との戦いを幾度《いくど》もともに潜《くぐ》り抜けてきた少年を、
自分に使命以外の世界を知るきっかけをくれた少年を、
そしてなにより、『どうしようもない気持ち』を抱くようになった少年を、
破壊する。

その気になれば、ほんの四半秒《しはん》。

振るう木の枝に〝存在の力〟を集中して、炎《ほのお》の剣を顕現《けんげん》させるだけでいい。

耐久力を高める鍛錬《たんれん》もしていない〝ミステス〟は、ひとたまりもなく蒸発するだろう。

その、ほんの四半秒の距離にあるもの。

(――やだ！)

拒否を心に秘めて二十《にじゆつ》振り目、当てるつもりの一撃《いちげき》を、上段から真正面に振り下ろす。

悠二はこれを簡単に避けた。

「うわっ！……？」

甘い一撃だったのだろう、不審《ふしん》が一瞬、その瞳に過《よ》ぎった。

(いけない)

こんな生ぬるい自分がなにを言っても、ヴィルヘルミナは耳を貸してくれない、そう思いを
持ち直して、心持ち太刀《たち》行きを鋭く速くする。

（強くなって）

悠二には『全く本気ではない』と言ったが、それでも実のところ、始めた当初よりは遥かに力を入れている。本人は、この進歩に全く気付いていないらしい。

（もっと）

シャナはもちろん、そのことを教えない。

悠二が自分の上達を知れば、無用の増長《ぞうちょう》と変な慣れで鍛錬を舐《な》めてしまうだろう。心構えに関係なく起こる、それは必然の病のようなものだった。無自覚な堕落《だらく》と油断《ゆだん》の別名でしかない自信は、実戦での死に直結してしまう。

ゆえに、常時脅威《きょうい》を与え、心身を引き締め続けさせる。

今、悠二の見せている上達《じょうたつ》ぶりは、そんな教育方針の、一応の成果だった。あくまで一応、という程度ではあったが、それでも確かに進歩はしている。

しかしシャナは、それでは足りない、と焦っていた。

（もっと、もっと強くなって）

悠二は、ただの〝ミステス〟ではない。

内に『零時迷子《れいじまいご》』という、時の事象《じしょう》に干渉《かんしょう》する秘宝《ひほう》を蔵《ぞう》しているのみならず、それを守るための防壁たる自在法《じざいほう》『戒禁《かいきん》』までも備えているという、特別製の〝ミステス〟である。

この特性、彼の持つ現実を、大したものだ、とただ感心していられれば良いのだが、残念ながら話は少々複雑である。

問題は、『戒禁《かいきん》』にあった。

この自在法《じざいほう》は、戦闘用の宝具《ほうぐ》を装備した〝ミステス〟を容易に分解させないための、いわば対〝徒《ともがら》〟用の鎧《よろい》である。ゆえに、作られた直後に施《ほどこ》されるのが普通だった。

しかし、悠二《ゆうじ》はこの御崎《みさき》市で〝徒《ともがら》〟の一味に喰われてトーチとなり、程なく『零時迷子《れいじまいご》』の転移《てんい》を受けて偶然、〝ミステス〟となった……はずなのである。なのに、彼の体には『戒禁《かいきん》』が施されていた。それも、世に名高い〝紅世《ぐぜ》の王〟たる〝千変《せんぺん》〟シュドナイの干渉《かんしょう》をさえ跳ね除けるほどに強力なものが。

坂井《さかい》悠二という〝ミステス〟は、あまりに不審《ふしん》な存在だった。

ヴィルヘルミナに、破壊という選択肢《し》を提示させるほどに。

(破壊なんて……させない!)

「ご、ほっ!?」

想いとは裏腹《うらはら》に、つい強くなっていた二十《にじゅっ》振り目が横《よこ》一線、悠二の脇腹《わきばら》に強く食い込んでいた。今度は堪《こら》えることができず、〝ミステス〟の少年は地に突《つ》っ伏《ぷ》す。

「あっ!? 大丈《だいじょう》――反応が遅い!」

ヴィルヘルミナへの聞こえを憚《はばか》って、あえて強く叱責《しっせき》した。

その声の奥にある辛《つら》さを、悠二は僅《わず》かな笑みで受け入れ、頷《うなず》く。

「う、ん、ごめん――」

痛みが頬《ほお》の強張《こわば》りに見て取れる。今の状況は、彼にも痩《や》せ我慢をさせているようだった。

彼の気持ちと表情に、胸の奥が、締め付けられるように痛む。

その事実を確認して、また別の、もっと奥深くが、もっと痛む。

（絶対、させないから）

想いを新たに、立ちあがった少年と、向き合う。

「いくわよ」

「うん」

改めて、彼が身の内に宝具を宿した意味について、思う。

本来、秘宝《ひほう》『零時迷子《れいじまいご》』を持っていたはずの〝ミステス〟は、一人の〝紅世《ぐぜ》の王〟とともに『約束の二人《エンゲージ・リンク》』と称された、恐るべき使い手だった。こうして悠二の中に宝具が転移してきている以上、それは破壊されたに違いなかったのだが、

（どうして、そんなことに……？）

と思わされてしまう。

実のところ、『約束の二人《エンゲージ・リンク》』は、フレイムヘイズと〝徒《ともがら》〟双方に伝説として広く語り継がれながら、誰にとっても重要ではない、という奇妙《きみょう》な存在だった。

討《う》ち手《て》たるフレイムヘイズの方には、この二人を追う理由がなかった。

二人は『零時迷子《れいじまいご》』によって回復した力を互いの間で遣《や》り取りしていたため、その片割れである〝紅世《ぐぜ》の王〟は人を喰らわずに生きていた。この世のバランスに悪影響《あくえいきょう》を及ぼすこともなく、ゆえにフレイムヘイズは討滅《とうめつ》する必然性を持たなかったのである。

一方の〝紅世《ぐぜ》の徒《ともがら》〟たちも、二人を襲《おそ》ったりはしなかった。

例えば、強大な〝王〟が『零時迷子《れいじまいご》』を持てば、力の許す限り、放埒三昧《ほうらつざんまい》に生きてゆくことができる。しかし、そういうことをしていれば、確実にフレイムヘイズが襲ってくる。

そして『零時迷子《れいじまいご》』は、長期戦を有利にすることはあっても、直接的に戦闘力を増大させることは決してない。一日二十四時間は、フレイムヘイズと〝徒《ともがら》〟が決着をつけるのには、あまりに長すぎる時間である。持っていたところでなんの役にも立たない。

そもそもこの宝具《ほうぐ》は、時の事象《じしょう》に干渉《かんしょう》するという異常な特性ゆえに秘宝《ひほう》と呼ばれているが、効果の表れ自体は日毎《ひごと》の〝存在の力〟回復でしかないのである(この宝具を使用していたのが件《くだん》の二人だけだったのだから、巷間《こうかん》に流れている情報量自体《じたい》少ないのだが)。

常識的に考えれば、〝狩人《かりうど》〟フリアグネのような宝具収集家《しゅうしゅうか》による単純な興味と執着《しゅうちゃく》以外に、この奪取《だっしゅ》を図るような輩《やから》が出るはずもない。強大な〝紅世《ぐぜ》の王〟クラスの二人と同時に戦う、というリスクに、メリットが全く見合わないからである。

(なのに、どうして)

二人が行方《ゆくえ》を眩《くら》ましてより百年余の今、事態は俄《にわ》かに動き出している。

何者かが『約束の二人《エンゲージ・リンク》』の片割れ、『零時迷子《れいじまいご》』を宿した〝ミステス〟、通称『永遠の恋人』を破壊した。偶発的な戦闘の結果か、何者かの謀略《ぼうりゃく》の一環《いっかん》か、それとも他に窺《うかが》い知れぬ事情があったのか。

(――『ここ数年、私は百余年ぶりに現れた非常に危険な〝王〟についての案件に専従《せんじゅう》していたのであります』――)

そう明言したヴィルヘルミナなら、事情一連《いちれん》の詳細《しょうさい》を知っているに違いなかったが、昨日の今日ということもあるのか、まだ話してもらっていない。悠二《ゆうじ》の破壊、という提言で受けた衝《しょう》撃《げき》を、自分が顔に出しすぎたせいもあるかもしれなかった。

(なんとか、しなくちゃ)

彼女は、自分を呼び寄せたマージョリーの口から、こちらで得られた僅《わず》かな、しかし無視することもできない重大な情報を得ていたらしい。

その情報とは、悠二と接触した〝千変《せんぺん》〟シュドナイの言葉である。

(――『まさか、貴様《きさま》――そうなのか』――)

(――『まさか、まさかこれほど早く見つかるとは、、、、、、、、、……』――)

かの〝王〟は直接『零時迷子《れいじまいご》』に言及《げんきゅう》したわけではない。悠二の中にあるものを『零時迷子《れいじまいご》』と分かって言ったのかどうかも不明である。であるが、封絶《ふうぜつ》の中で〝徒《ともがら》〟や〝燐子《りんね》〟のように自由に動ける〝ミステス〟は、『零時迷子《れいじまいご》』を除けば、まず戦闘用のものである。

しかし、悠二《ゆうじ》は弱かった。

それこそが『零時迷子《れいじまいご》』の証明となる。

(そう、悠二が弱かったから)

なによりこの件を複雑にしているのは、シュドナイという〝王〟が、世界最大級の〝紅世《ぐぜ》の徒《ともがら》〟の集団、[仮装舞踏会《バル・マスケ》]の構成員……しかもその枢要《すうよう》たる三柱臣《トリニティ》の一柱《ひとはしら》である、という事情にあった。

この街に滞在《たいざい》しているもう一人のフレイムヘイズ、『弔詞の詠み手《ちょうしのよみて》』マージョリー・ドーなどは、シュドナイの言葉から、〝逆理の裁者《ぎゃくりのさいしゃ》〟ベルペオルという、およそ知る者が触れたがらない三柱臣《トリニティ》の一柱たる鬼謀《きぼう》の〝王〟による企《たくら》みが裏にあるのではないか、と疑ってもいた。

とはいえ、情勢が切迫《せっぱく》しているかと言えば、それも非常に微妙《びみょう》なところではあった。

先のように『零時迷子《れいじまいご》』発見(?)を嬉々《きき》と叫んだはずのシュドナイ当人が、その奪取《だっしゅ》に執着《しゅうちゃく》するでもなく、早々に逃げ出していたからである。彼ほどに強大な〝王〟が、念願の宝具《ほうぐ》を打ち捨てて逃走するなど、普通では考えられないことだった。

それに彼は近年、[仮装舞踏会《バル・マスケ》]の構成員というより、他の〝徒《ともがら》〟の護衛者《ごえいしゃ》として知られていたほどに、組織との距離が開いていた。そんな繋《つな》がりも薄い組織云々《うんぬん》よりも、収集癖《しゅうしゅうへき》を持つ誰かに捜索《たんさく》を依頼されていた、という話の方が、まだしも説得力がある。

シュドナイが『零時迷子《れいじまいご》』を発見した――彼が[仮装舞踏会《バル・マスケ》]にそれを報告した――彼ら

によからぬ企みがある――それらは全て、疑惑《ぎわく》や想像の域を出るものではなかった。

（そうであって、欲しい）

元より『零時迷子《れいじまいご》』は、風変わりな機能こそあれ、持つことによるメリットは大したことのない宝具である。

魔神《まじん》を身に容《い》れた『炎髪灼眼《えんぱつしやくがん》の討《う》ち手《て》』、フレイムヘイズ屈指《くつし》の殺し屋と恐れられる『弔詞《ちようし》の詠《よ》み手《て》』、それに今は戦技無双《せんぎむそう》の『万条《ばんじよう》の仕手《して》』までが滞在している死地に、あえて命を投げ落とさせるほどの魅力《みりよく》を持っているとは到底《とうてい》思えなかった。

ベルペオルが鬼謀《きぼう》の持ち主であるとはいえ、ただそれだけの理由で、全ての事象《じしよう》に怯《おび》えるわけにもいかない（フレイムヘイズはその存在の性質上、起きる事象に対して受け身な、出たとこ勝負で生きているため、過度に用心しないということもある）。もし彼女自身が『零時迷子《れいじまいご》』を得ても、全体の脅威《きようい》にそれほどの変化があるとも言えない。

結局のところ、シュドナイが悠二になんらかの発見をしたことに間違いはないが、［仮装舞《バル・》踏会《マスケ》］という組織全体がこれを狙う線は薄い、と見るのが妥当なのだった。

（それより）

もっと直接的な危険の方は、厳然《げんぜん》と存在する。

関与《かんよ》もあやふやな［仮装舞踏会《バル・マスケ》］などより、もっと危険な、警戒《けいかい》すべき相手が。

ヴィルヘルミナは、言った。

（――『いずれその者にも『零時迷子《れいじまいご》』がここにあると知られるでありましょう』――）

その者とは、『約束の二人《エンゲージ・リンク》』の生き残った片割れたる〝紅世《ぐぜ》の王〟である。

己《おのれ》の愛した『永遠の恋人』の宿していた宝具《ほうぐ》、その形見《かたみ》か欠片《かけら》かを、取り戻しに来る可能性は、高い。何者かに暴力でもって、その喪失《そうしつ》を強制されたとなれば、なおさら。

（――『確実に、かの〝王〟と［仮装舞踏会《バル・マスケ》］の企図《きと》を挫《くじ》く方法がある……』――）

その〝紅世《ぐぜ》の王〟に『零時迷子《れいじまいご》』についての情報が渡るのか、［仮装舞踏会《バル・マスケ》］が一連の事態に関与《かんよ》しているのか、いずれも不明である。

（――『その方法とは、〝ミステス〟破壊による『零時迷子《れいじまいご》』の無作為転移《むさくいてんい》であります』――）

しかし、危険の種《たね》を抱えておくよりは、取り除いておく方が良い。

ヴィルヘルミナは、そう考えているのだった。

悠二《ゆうじ》を破壊して、中にある『零時迷子《れいじまいご》』を何処《いずこ》とも知らぬ、無数にこの世を彷徨《さまよ》うトーチのどれか一体に転移させる……そうすれば、この面倒《めんどう》な宝具を、相当な年月、欲する者たちの前から消すことができる。対処のための情報も用意もない現状で敵の襲撃《しゅうげき》を待つよりは、遥かに身の安全を図ることができる。

討滅者《とうめつ》・フレイムヘイズとしての、至極《しごく》真っ当な主張だった。

（分かってる、そんなこと……でも）

そう、それだけではない。むしろヴィルヘルミナにとってそれは、多分に名目《めいもく》的なもの、お飾り、偽装《ぎそう》であり、本当の狙いが別にあることも、また分かっていた。

（悠二を、私から取り上げようとしてる）

つまり彼女の提言は、『炎髪灼眼《えんぱつしやくがん》の討ち手《う　て》』の保護者としての、非常に恣意《しい》的な主張でもあるのだった。もちろん、到底《とうてい》受け入れられるものではない。

（そんなの、やだ）

巣立ってから過ごした時間よりも、彼女に育てられた時間の方が未だ長いこの生涯《しょうがい》で、ほとんど初めて抱く反発、以上の反抗だった。

自分の斬撃《ざんげき》を必死の面持《おもも》ちで感じ、かわす少年を見る。

（悠二を、壊すなんて）

自在法《じざいほう》『戒禁《かいきん》』は、内部の宝具を取り出されそうになると発動する。しかし、いかにその威力《りよく》が強かろうと、〝ミステス〟そのものを破壊する分には、なんの障害にもならない。壊そうと思えば、

（ほんの、四半秒《しはん》）

それだけで、事足りる。

（でも、でも――）

足捌《あしさば》きが地を滑るように流れ、踏み込みを感知《かんち》させない神速《しんそく》の前進となる。

体が僅《わず》か沈むと同時に、腰の回転と腕の延伸《えんしん》が連動して、握った枝が鋭利な斬撃《ざんげき》となる。

(──絶対に、やだ!)

風切る音さえなく、木の枝が悠二《ゆうじ》の首筋《くびすじ》まで皮《かわ》一枚の距離で止まっていた。

揺れる前髪の間から見上げる顔と、その目と、視線が合う。

「……」

「……」

無言で見つめ合う。

もう理屈《りくつ》ではない。

彼が、好きなのだ。

だから、彼を破壊し、永遠に消し去ることなど、絶対にできない、許せない。

彼を、なんとしても守らねばならない。

あくまで、フレイムヘイズとして。

しかし、それ以外の自分としても。

そのためには、

「強くなって」

自分たちが、生半可《なまはんか》な気持ちで今に臨んでいるわけでないことを、ヴィルヘルミナに伝えなければならない。言葉ではなく、行動と成果によって。

「もっと、もっと、強くなって」

「……」

多少の危険性さえも呑んで、悠二が自分の傍《かたわ》らにいてもいい、悠二が存在していてもいい、と彼女に認めさせなければならない。言葉ではなく、行動と成果によって。

「うん、分かってる」

少し気弱に笑う少年を見あげて、胸の痛みと安らぎを、同時に得る。

なくしたくない……否、なくさない。

絶対に。

シャナは、ヴィルヘルミナがどれほど本気であるか、全く気付いていなかった。

三人分出された紅茶《こうちゃ》とあんころ餅《もち》を前に、保護者たちの話は続いてる。続いている、といっても声の交差ではなく、あくまで状況としてである。

（なんという、嫌な女でありましょう）

（同意）

声を出さずに意志を伝え合う自在法《じざいほう》で、ヴィルヘルミナとティアマトーは、不利な現状への文句を交わした。

食卓の対面でティーカップを傾ける、千草《ちぐさ》の笑顔がやけに癇《かん》に障《さわ》る。事実としては、単に口に出しているように、

「良かった、今日は薄くないみたい。お恥ずかしい話ですけれど、私、ミルクを入れないと濃さが分からないんです」

と紅茶の美味《おい》しさを喜んでいるだけのことである。

しかし二人にはその平然とした姿が、

(知った風な口を、きくのであります……)

(噴飯《ふんぱん》……)

なぜか自分たちをやり込めて勝ち誇っているように見えてしまうのだった。

(……)

(……)

烈《はげ》しい性格をした者の多いフレイムヘイズの中、例外的に表面・内実《ないじつ》ともに冷静と言われる『万条《ばんじょう》の仕手《して》』と〝夢幻《むげん》の冠帯《かんたい》〟が、ともに怒っていた。

もちろんこれは、痛いところを突かれたからである。

家族のように愛しながら、使命を持った芸術品、あるいは自身の作品として少女を扱っている――そんな矛盾《むじゅん》と酷薄《こくはく》さをズバリ指摘された、と一方的に思ったのだった。

(家族とは、考えて……否、私は、しかし……)

（……）

双方、怒りで考えがまとまらない。図星《ずぼし》なのだから、どうまとめようもないのだが、それでも二人には白旗《しろはた》を揚《あ》げるつもりは全くなかった。

「あら、美味しい」

ホコホコとあんころ餅《もち》を味わう和《なご》やかな主婦を、いつもの無表情で観察する。妙《みょう》に若い、という点を除けば、別段変わったところもない、普通の人間である。

「カルメルさんがアラストオルさんの元にお戻りになられる際には、私からも何か、日持《ひも》ちするものをお贈りしますね」

「いや奥方《おくがた》、そのようなお気遣《きづか》いは、どうぞご無用に願いたい」

「それくらいは、どうかさせてくださいな。いつも平井《ひらい》ゆかりさんにお世話になっている、ほんのお返しですから」

「む、うむ……では、お言葉に……甘えさせてもらおう」

その普通の人間に、アラストールが思う様《さま》あしらわれている、と見た二人は、闘志を奮い立たせる。

（〝天壌《てんじょう》の劫火《ごうか》〟を、まんまと丸め込んでいるのであります）

（狡猾《こうかつ》）

（元々、彼は女性に対して押しが弱いのであります……こんな環境で甘やかされてしまっては、

無双《むそう》の利剣《りけん》も一晩で鈍《なまく》らと化すは道理）

（戦闘準備）

二人して沈黙《ちんもく》の内に了解《りょうかい》し、開戦のための心構えを始める。

元よりヴィルヘルミナらは、少女が世話になったことへのお礼を言うために訪問したわけではない。どのような環境が少女を変えてしまったのか、それを確かめるべく潜入《せんにゅう》したのである。

つまりは敵の手口と性質を摑《つか》むための、敵情視察《てきじょうしさつ》だった。

その所定《しょてい》目標をある程度達成した、と判断した――実際には、これ以上相手のペースに巻き込まれまいと焦った――二人は、即断即決《そくだんそっけつ》に口火《くちび》を切ろうとして、

「カルメルさんに――」

「は？」

機先を制された。偶然だろうが、なんとも二人にとって嫌な感じではあった。

「――アラストオルさんへのお土産《みやげ》を持って行っていただくのは、お客様にお使いをさせてしまう形になってしまって心苦しいのですけれど」

「いえ、その際は問題なく務めさせていただくのであります、奥様」

「良かった」

千草《ちぐさ》は手を合わせて無邪気《むじゃき》に喜ぶ。

その姿に心を乱されないよう、ヴィルヘルミナはでき得る限りの剣呑《けんのん》な声で仕切りなおす。

「ところで、奥様」

「はい？」

「私ども……いえ、私、久方ぶりにあの方、、、――」

と彼女はあくまで『シャナ』の名では呼ばない。

「――に再会し、いささかならず失望させられているのであります」

「むっ、う」

と、急な話の運びにアラストールが唸《うな》った。

（なにが、むーう、でありますか）

（職務怠慢《たいまん》）

二人は少々八つ当たり気味に、心中《しんちゅう》で不甲斐《ふがい》ない〝紅世《ぐぜ》〟の魔神《まじん》に不平を投げつける。

肝心《かんじん》の千草はといえば、

「まあ」

と怪訝《けげん》な顔で、頬《ほお》に手を当てているのみ。ただの主婦の方が落ち着いて見えるというのは、同業者としてなんとも情《なさ》けない話だった。

「あの方が」

とヴィルヘルミナは強く、改めて言いなおす。

「私どもの許《もと》を発《た》たれたときのお姿は、それはそれは凛々《りり》しいものでありました」

気付けば、千草《ちぐさ》はいつしか傾聴《けいちょう》の姿勢を面《おもて》に表している。

その打って変わった真剣な様《さま》に、ヴィルヘルミナは密《ひそ》かに驚き、しかし続ける。

「自らの在り様《よう》を正しく認識して立ち、的確に対処して切り拓《ひら》く……育てた私どもが、まさに理想とした姿だったのであります」

「……？」

ふと、千草の表情に不審《ふしん》の影が過《よ》ぎった。

自らの言葉に激しつつあるヴィルヘルミナは、構わず畳み掛ける。

「それが今や――」

怒りに燃えるフレイムヘイズ『万条の仕手《ばんじょうのして》』の脳裏《のうり》に、昨夜の光景が過《よ》ぎる。あのひ弱そうな〝ミステス〟に寄り添い……『炎髪灼眼の討ち手《えんぱつしゃくがんのうちて》』が寄り添い、あまつさえ、あのような、行為に及ぼうと……!!

「――余事《よじ》に心乱《みだ》し、正答への蹈鞴《たたら》を見苦しく踏んでいるのであります」

この場合の正答とは、もちろん悠二《ゆうじ》の破壊である。

千草はアラストールとの会談を経て、彼が警察関係の仕事をしており、シャナもその道を目指している、と解釈《かいしゃく》していた（どちらも大筋《おおすじ》、正しくはある）。だから、彼女はそれを前提《ぜんてい》として話す。

「つまり、養育係のカルメルさんから見て、平井《ひらい》ゆかりさんが勉強を怠《なま》けている、と？　たし

かに、我が家でくつろぐ時間は多いと思いますけれど」

「堕落《だらく》であります」

ヴィルヘルミナは一言の下、斬《き》って捨てる。自分だけが言う権利を持つ、と信じる、養育係としての矜持《きょうじ》によって。

「確固とした使命の剣、我々が育てた偉大なる器《うつわ》を、このような場所で――」

「ヴィルヘルミナ・カルメル！」

アラストールが、口を滑らせまいかという懸念《けねん》、千草《ちぐさ》に対するあからさまな難詰《なんきつ》への叱責《しっせき》、双方の意味を込めて鋭く言った。

千草は、自分の前ではかつてなかった彼の大声に驚き、僅《わず》かに目を見張る。それほどに深刻な話がなされていることを思い、改めて自分の立場を重く受け止める。

しかし、怒鳴《どな》られたヴィルヘルミナの方は止まらない。それどころか、グリン、と機械のように首を回して、自分の設置したスピーカー一式を睨《にら》みつけた。

「貴方《あなた》が……」

不、不、不、不当かつ無責任な非難を受けたことでタガが外れたのか、その無表情の奥から、遂《つい》に憤怒《ふんぬ》の低い声が吹き出す。

「貴方ほどの男が……監督《かんとく》する立場にいながら……なんという、体《てい》たらく……」

食卓の上に置かれた両の拳《こぶし》が、鉄球をも砕き潰《つぶ》すほどの握力《あくりょく》でメキメキと固められていく。

彼女は、常には全くないほどの激昂《げっこう》を見せていた。

対面にある千草は、この養育係が燃やす怒りの性質を、注意深く計る。今の話が、少女にとってどんな意味を持っているのかを、しっかりと見定める。

ヴィルヘルミナは、強張《こわば》る唇を無理矢理《むりやり》に開いた。

「いったい、いったい」

犠牲《ぎせい》にした大切な男への気持ち、自分に望みを託した戦友との絆《きずな》、成就《じょうじゅ》までに費やした歳月《さいげつ》の長さ、少女と出遭《であ》えた奇跡《きせき》の中の奇跡、かけがえのない全てが、彼女の背に重くのしかかり、血を吐くような言葉を紡《つむ》がせる。

「なんのために、あれほどの、力を尽くしたのか」

しかし、だからこそ、千草は気付いた。その顔にあった不審《ふしん》が疑問へと変わり、すぐ理解を経た哀《かな》しみになる。

「カルメルさん」

なにを今さら言うことがある、と怒れる面《おもて》を上げたヴィルヘルミナは、

「……、っ!?」

千草の表情を見て、驚いた。

彼女の顔にあったのは、恐怖でも、感嘆《かんたん》でもない、哀《かな》しみ。しかも、同情や感傷《かんしょう》からのものではない、感情の渦中《かちゅう》にある者を本能的に恐れさせる理性の厳《きび》しさ、間違いを犯した者を叱咤《しった》する辛《つら》さの表れだった。

その唇から、静かに、一撃《いちげき》の前置きが放たれる。

「なんのために？」

「……」

（……）

身の内にあるティアマトーともども、ヴィルヘルミナは口を閉ざした。形勢が不利であることの認識、次に食らう言葉が痛撃《つうげき》であることの嫌な予感があった。

そして千草《ちぐさ》は、問い質《ただ》すように、言う。

「あの子の、ためではないのですか？」

「う――」

受けた衝撃《しょうげき》に、ヴィルヘルミナは無様《ぶざま》な、唸《うな》るような声を漏らしていた。

やはり千草は察していた。

彼女の抱いている矛盾《むじゅん》を。

彼女にとって、少女が一体どんな存在であるかを。

知らない振りをして強制していた、ずるい立場を。

「──っ、それは」

ヴィルヘルミナは、咄嗟《とっさ》に続けようとした声を詰まらせてから、

（しまった）

と思った。

彼女は、自分が融通《ゆうずう》の利かない性格だと自覚している、ゆえに、より強き意志を保つという超級《ちょうきゅう》の頑固《がんこ》者である。『この世の本当のこと』を知らない素人《しろうと》になにを言われようとも、その意見が妥当なものであろうとも、自説を曲げる気はさらさらない。

だからただ、そんな自分が、無理に反抗しようとして動揺《どうよう》を表《おもて》に出してしまったことのみを激しく後悔《こうかい》した。

対する千草はあくまで平静に言葉を継ぐ。

「今から、少し分かっているつもりでお話しします」

「……？」

動揺を再び沈黙《ちんもく》に隠《かく》し、ヴィルヘルミナは正面から、手ごわい素人を見据《みす》えた。

「皆さんが力を尽くされたことには、いろいろと事情もあるのでしょう。歳月《さいげつ》の中で、たくさんの苦労もされたこととお察しします」

（……たしかに、分かった風なことを言うのであります）

心中《しんちゅう》吐き捨てつつ、密《ひそ》かに眉根《まゆね》を寄せる彼女に、

「でも」

千草《ちぐさ》は先からの厳《きび》しさを不意に表して、言う。

「それらがなんのためであったのかは、はっきりしているはず……いえ、していなければならないはずです」

ヴィルヘルミナは、今度は黙るのではなく、絶句《ぜっく》した。

声だけは穏《おだ》やかに、しかし厳《きび》しく千草は追及を続ける。

「あの子のため——違いますか？」

い、口答えができない。

「それ以外のどんなことで、あの子に望みをかけるのですか？」

ヴィルヘルミナは、気付いた。

気付かされてしまった。

（私は）

千草の方こそが、怒っている。

（私は——）

坂井《さかい》千草の方こそが、『炎髪灼眼《えんぱつしやくがん》の討《う》ち手《て》』のために怒っているのである。

そのあんまりな事実、自分の醜悪《しゆうあく》さに気付かされて、彼女は愕然《がくぜん》となった。

と、アラストールが、

「奥方《おくがた》」

同志を気遣《きづか》い、千草に寛恕《かんじょ》を求めた。

大丈夫、とばかりに千草は小さく頷《うなず》いて、一瞬で微笑《ほほえ》みを取り戻す。

「はい」

その和やかさ、全く純粋ではない微笑みに、

(……敵《かな》わぬな)

アラストールは困った風な苦笑《くしょう》を、心中で漏らした。

元より千草としては、ヴィルヘルミナを責めて一時の快《かい》を得ることなどが目的ではない。だから、ただ一人の母親として、少女のために言う。

「平井《ひらい》ゆかりさんは、誇り高く力強い心を持った子です。私のように僅《わず》かな付き合いしか持たない者でも、そのことがよく感じられるのですから……カルメルさんは当然、それが本質だと分かっていられるのでしょう」

「……」

ヴィルヘルミナは、僅かに顔を伏せて黙ったまま。

構わず、千草は言う。

「だからこそ、その凛々《りり》しく毅然《きぜん》とした姿が変質してしまう、してしまったのではないか、という恐れを抱かれたのでしょう」

「……」

はい、という相手に擦《す》り寄る声を、意地でも出さないヴィルヘルミナである。

さらに、千草《ちぐさ》は続ける。

「カルメルさんが仰《おつしや》った、『心を乱す余計《よけい》なこと』というのは、家の悠二《ゆうじ》とのこと、と拝察《はいさつ》します。でも、私はあの子から悠二を、その問題を取り上げるのには反対です」

「……なぜ、でありますか」

ヴィルヘルミナは、答えを欲《ほつ》するように訊《き》いてしまっていた。

千草は、断言で答える。

「あの子が、あまりに幼いからです」

もちろん皆が分かっている、これは事実だった。

「もし今、むりやりに取り上げ、相手から引き剝《は》がしても、長い人生……いつかは同じものにぶつかるでしょう。あれは、陥《おちい》ることを避けられないものですから」

千草があえて明言しなかったものを思い、ヴィルヘルミナは胸の奥深く、傷の疼《うず》きを得た。陥ることを避けられない、甘く辛《つら》く、しかし鮮やかすぎる、それは傷。

(あ——)

分厚く高い城壁《じようへき》を容易《たやす》く打ち砕く、一条の虹《にじ》。

見上げた太陽の中、竜《りゆう》の頭上に一人立つ騎士《きし》。

翻《ひるがえ》るマント、余裕《よゆう》ぶった傲慢《ごうまん》極まりない笑み。

戦友を数多《あまた》屠《ほふ》った恐るべき敵、嫌な、嫌な奴《やつ》。

でも、

（――っ）

数百年の時を経て、未だ完全なる姿で蘇《よみがえ》る、それは傷だった。

不意に見た、その眩《まばゆ》さから目を背《そむ》けるように、ヴィルヘルミナは顔を伏せた。

「ただ、逃げることだけはできますが……そのとき、誇り高いあの子は、自分を許せなくなるでしょう。そうならないよう、多少乱暴であっても、実地に教えられるものを教えておかなければならない、と私は思うのです」

声が、心に痛い。

「それが、あの方の、ため……」

千草は答えず、改めて話しかける。

「日ごとに悩むことが多くなっています。悩んで、悩んで……でも、あの子はそれを乗り越えて、もっと、もっと強くなるのでしょう。その程度には、私も分かっているつもりです」

ヴィルヘルミナは、伏せていた顔を上げる。

正面にある笑顔と、向き合う。

和《なご》やかで、厳《きび》しい、微笑《ほほえ》み……全てに優しさを通底《つうてい》させた、母親の笑顔と。

その女性は、しかし困った風に笑って言う。

「でも本当のところ、親としては、我が子には純真無垢《むく》なままでいて欲しい、と願うのは当然とも思っているんですけれど」

「無知と清らかさは違うもの……奥方《おくがた》の、言葉であったな」

アラストールが、ようやくの溜息《ためいき》とともに口を開いた。

場に慣れぬ父親の日和見《ひよりみ》主義に、千草《ちぐさ》はクスリと笑うことでトゲを刺す。そうして、同じ育ての親である女性に向けて助けを請う。

「実は私も、他人の助言だけで果たして効果があるものか、不用意に踏み込んでよいものか、計りかねているところでもあったんです。カルメルさんがしばらくこちらにご滞在《たいざい》なら……お別れでないというのなら、あの子のためにこれほど有《あ》り難《がた》いことはない、と思っています」

「……」

この期《ご》に及んでも、ヴィルヘルミナには負けを認める気は全くない。ただ、貴重《きちょう》な助言への答えを返すことについては、吝《やぶさ》かではなかった。

「……悩みに付き合う程度には、滞在期間は取るつもりであります」

「良かった！」

ポンと手を叩《たた》いて、千草は陰なく笑った。

その無邪気《むじゃき》な喜びようを見たヴィルヘルミナは、茶飲み友達にされてはかなわない、と慌《あわ》てて念を押す。

「私はあくまで、ご令息《れいそく》との交際には断固《だんこ》反対であります」

「ええ、構いませんとも」

千草は悪戯《いたずら》っぽく笑う。

「不甲斐《ふがい》ないと思えば、遠慮《えんりょ》なくぶっ飛ばしてやってくださいね」

ヴィルヘルミナは、小声《こごえ》で答える。

「……了《りょう》、解《かい》であります」

答えつつ、心中《しんちゅう》でこっそりと、負け惜しみの罵《のの》りを放つ。

(くそっ)

(下品)

(……)

パートナーに短く窘《たしな》められ、心中においても黙る。

黙って、しかし思いを巡らせる。

この女性は……正直、嫌いではない。

なるほど、〝天壌《てんじょう》の劫火《ごうか》〟は丸め込まれたわけではなかったのである。

尊重《そんちょう》に値する賢明《けんめい》な婦人、と評価すべき人物にして、母親だった。

少々癪《しゃく》ではあるが、たしかに助言については参考になる点も多い。

口にする気はないが、正直、感謝もしている。
（しかし、それとこれとは……別であります）
（方針確認）
断念《だんねん》するつもりは、ない。
実行するとして、なんの不都合《ふつごう》があるか。
この平和な家庭にある、〝紅世《ぐぜ》の徒《ともがら》〟によって蝕《むしば》まれた証《あかし》。
坂井悠二《さかいゆうじ》という彼女の息子《むすこ》。
否、
彼の息子は、もういない。死んでしまっている。
そこにあるのは、故人の残り滓《かす》から作られた紛《まが》い物《もの》である。
（気の毒……では、ありますが）
（現実受容《じゅよう》）
もう、彼女の息子はいない。
それが、厳然《げんぜん》たる事実である。
今ある光景、暮らしは、全てが虚構《きょこう》、泡沫《ほうまつ》の夢。
（あの〝ミステス〟を破壊しても、奥様は忘れ、日々を過ごしていくのみであります）
（無問題）

いつか覚める、覚めて忘れる、夢。
意味も価値《かち》も、なにも残さない、夢。
対面で再びあんころ餅《もち》に舌鼓《したつづみ》を打つ女性が見ている、これは夢なのである。
（ならば、今であろうと、後であろうと、なんら変わらないのであります）
（決行）
果たして、〝天壌《てんじょう》の劫火《ごうか》〟は、どういう態度を取るだろう。
憤激《ふんげき》するとは思えない。
彼は誰よりも、フレイムヘイズとしての使命感に厚い男である。
妥当性さえあれば、彼は自分たちの行動を、その結果を受容するだろう。
そして、
（……）
（……）
果たして、果たして、『炎髪灼眼《えんぱつしやくがん》の討《う》ち手《て》』は、どういう態度を取るだろう。
気が重い。
坂井千草《ちぐさ》の助言を聞いたあとでは、なおさら。
しかし、彼女はフレイムヘイズである。
その任務にとって、十分に優先されるべき事態があれば、それを採るべきである。

彼女は、自分たちが育てあげた、完全なるフレイムヘイズなのだから。

(取るべき行動は……男女の情愛などによって、左右されてはならないのであります)

(確定事項)

それでもふと、千草《ちぐさ》の言葉が思い出される。

(────『あれは、陥《おちい》ることを避けられないものですから』────『ただ、逃げることだけはできますが……そのとき、誇り高いあの子は、自分を許せなくなるでしょう』────)

一声、一声、言葉が浮かび上がる度《たび》に、ジリジリと体中を焦《こ》がされるような、硬く身の縮まるような感覚が湧《わ》いてくる。

(────『あの子の、ためではないのですか?』────)

その感覚の名は、恐れ。

悲しさと辛《つら》さを混ぜて、襲《おそ》ってくる。

しかし、断固《だんこ》として、行う。

(……奥様は、なにも、知らないからで、あります)

(……同意)

少女が、『炎髪灼眼《えんぱつしやくがん》の討《う》ち手《て》』が、フレイムヘイズとして採るべき行動は一つ。

それ以外にない。

恐れを、感じる。

自分たちは――〝天壌《てんじょう》の劫火《ごうか》〟と、自分たちと、そして彼は――『炎髪灼眼《えんぱつしゃくがん》の討《う》ち手《て》』をそのように鍛《きた》え上げ、作り上げ、磨き上げた。

他でもない、彼女自身が、そう生きると選んだ。

なんの問題があろう。

なんの問題も、ない。

恐れを、感じる。

「カルメルさん？」

気付けば、千草《ちぐさ》が気遣《きづか》わしげな顔で見ていた。

「いえ、少々、考え事であります」

やや慌《あわ》ててティーカップを取る。取って、中身を一気に流し込む。

「まあ、カルメルさんったら」

千草の微笑《ほほえ》みが、胸を締めつける。

それでも、

（坂井悠二《さかいゆうじ》を、破壊するのであります）

（了解《りようかい》）

紅茶《こうちゃ》は、悲しいほどに冷《さ》めていた。

ヴィルヘルミナは、シャナがどれほど本気であるか、全く気付いていなかった。

2　帰る場所

坂井《さかい》家で朝食を呼ばれてすぐ、ヴィルヘルミナは平井《ひらい》ゆかりを連れて家に戻る、と千草《ちぐさ》に伝えた。

「本当に、お帰りになるんですか？　もっとお話できれば、と思ってましたのに」

門前に立つ二人に、見送りに出た千草が心底《しんそこ》残念そうに言う。

再びスピーカー等を、大きな風呂敷《ふろしき》に包んで背負ったヴィルヘルミナが、ガクンと腰を折って答えた。

「ご厚意《こうい》のみ、ありがたく頂戴《ちょうだい》いたします、奥様」

頭を下げた拍子に、また風呂敷包みが後頭部をゴンと打つ。

「ただ、私も昨日《きのう》到着したばかり。今日は、荷物の整理などをお嬢様に手伝っていただく予定だったのであります」

もちろん、これは嘘《うそ》である。シャナと坂井家の狎《な》れ合いを牽制《けんせい》するための、見え見えの予防線だった。

初めての称号《しょうごう》で呼ばれたシャナは、自分の養育係たる女性への不満を表すわけにもいかず、気丈《きじょう》に踏ん張りつつも、どこか寂しげな風を漂わせて立っているのみである。

その装いは、鍛錬《たんれん》における彼女のユニホームたる体操服ではない。涼しげな薄手《うすで》のワンピースだった。

これは常の如《ごと》く、鍛錬後《ご》に朝風呂《ぶろ》を使ったためだが、今日は少しだけ経緯《けいい》が違っている。普段なら千草《ちぐさ》が責任を持って洗濯する体操着を、ヴィルヘルミナが回収して風呂敷《ふろしき》の中に背負っていた。

「私が参りましたからには、そうそう奥様に無駄《むだ》なお世話をかけるわけにもいかないのであります。どうぞ、この程度の雑事はお任せを」

と丁寧《ていねい》に求められてしまうと、千草の方も無理にと言うわけにはいかなかった。

シャナの寂しげな表情は、早々に家に連れ帰らされるだけでなく、この微妙《びみょう》に坂井《さかい》家と距離を取らされて、しかも逆らえないという状況からも来ていた。

少女の様《さま》を見かねた千草は、無駄かと思いつつも訊《き》いてみた。

「なんなら、そのお手伝いに悠《ゆう》ちゃんを遣《や》りましょうか。もし男というのが不都合《ふつごう》でしたら、私が出向いても……」

しかし、やはりと言うべきか、ヴィルヘルミナは社交辞令《じれい》で厳重《げんじゅう》にくるんだ、断固《だんこ》たる拒否で答える。

「いえ。それはあまりに失礼。荷物も大した量というわけでなし、重ねてお気遣《きづか》いは無用であります」

そうして彼女はまた、機械的に一礼する。

「では」

また明日、とも言わず、母子が返事をする間も与えず、彼女は体の向きを変える。

千草の脇、シャナの前に立つ悠二《ゆうじ》が言う。

「それじゃ、また」

今夜、とは千草の手前、さすがに付け加えられなかったが。

「……っ」

シャナは表情の端に一瞬だけ嬉《うれ》しさを覗《のぞ》かせ、そしてすぐ、ぷいとそっぽを向いてそれを隠《かく》す。答えは傍《かたわ》らの女性の方に返していた。

「それじゃ千草、また来るから」

また、という言葉を改めて返す少女の気持ちを察して、千草はいつも以上に優しい微笑《ほほえ》みで答える。

「ええ。アラストオルさんにも宜《よろ》しく言っておいてね」

「うん」

頷《うなず》くと、シャナはすでに離れたヴィルヘルミナの後を、小走りに追いかけて行った。

坂井《さかい》母子は久しぶりに、二人きりが寂しいと気付いた。

悠二《ゆうじ》と千草《ちぐさ》が家の中に入っていく、寂しい気配から数秒、

「お気付きでありますか？」

ヴィルヘルミナが小さく問い、

「当然でしょ」

シャナが強く答え、

「結構《けっこう》」

ティアマトーが短く受けた。

シャナは胸元に手をやり、言う。

「アラストール」

ボッ、とその手の中に紅蓮《ぐれん》の火が走り、

「うむ」

少女はいつの間にか、胸にペンダント〝コキュートス〟を取り戻していた。

フレイムヘイズと契約した〝紅世《ぐぜ》の王〟の意志を表出《ひょうしゅつ》させる『神器《じんぎ》』は、契約者と〝王〟、どちらかが望めば、即座《そくざ》に契約者の元に現れる。

そのアラストールが（先の坂井家における三者面談《めんだん》での情《なさ》けなさを欠片《かけら》も感じさせない）威《い》厳《げん》に満ちた声を、やや低く響《ひび》かせる。

「どう見る」

「気配は〝徒《ともがら》〟や〝燐子《りんね》〟じゃない。人間のようだけど」

シャナは答えつつ、身の内で〝存在の力〟を練る。小さな体軀《たいく》と足運びに、じわりと重みを加え、いつでも動作の急な転換に応えられるよう、力を溜《た》める。

ヴィルヘルミナは、少女の決して鈍っていない力と勘《かん》、なにより強者の雰囲気《ふんいき》に僅《わず》か目を細めつつ、しかし声だけは冷静に確認する。

「いつからでありますか？」

「鍛錬《たんれん》の途中から」

短く最低限に返してから、シャナは改めて感覚を研《と》ぎ澄まし、周囲の状況を探る。

自分たちを監視《かんし》する、何者かの視線がある——鍛錬の途中から、それに気付いた。

最初は坂井家への押し入りを企む賊《たくらぞく》かとも思ったが、それにしては感じられる視線に欲得《よくとく》の粘っこさがない。そして今も尾《つ》いてきている。となると、

「標的《ひょうてき》は我々、と見るのが妥当か」

アラストールが結論付けた。

人間がフレイムヘイズを探る、というのは、奇異《きい》なようだがあり得ないことではない。

フレイムヘイズと〝紅世《ぐぜ》の徒《ともがら》〟の双方とも、中世《ちゆうせい》以降は人間との近しい協力や関わりをほぼ断絶させているが、何も知らない人間を、その社会やシステムに則《のっと》って活用することは、今でも頻繁《ひんぱん》に行われている。

ときには人間という立場を生かした偵察《ていさつ》や調査を依頼し、またときには双方の組織の外郭《がいかく》や構成員として雇われ……人間はさまざまな形で〝紅世《ぐぜ》の徒《ともがら》〟、あるいはフレイムヘイズとの関わりを持たされている。当然のこと、その種の人間は、自分たちの行為がどんな事件を起こす引き金になっているのか、どんなモノを相手にしているのか、知らされないのが普通である。

この街で言えば、坂井千草《さかいちぐさ》がその典型であり、それより遥かに少ない、事実を知らされた協力者、ということなら、佐藤啓作《さとうけいさく》、田中栄太《たなかえいた》、吉田一美《よしだかずみ》などが挙げられる。

今、シャナたちを探っている者も、その利用されている人間の一例なのか。

歴戦《れきせん》のフレイムヘイズ『万条の仕手《ばんじようのして》』として、ヴィルヘルミナは首を——本当に頸骨《けいこつ》が折れたようにガクッと——傾《かし》げる。

「しかし、かの〝逆理の裁者《ぎやくりのさいしや》〟は、人間を尖兵《せんぺい》として使うことを好まぬため、[仮装舞踏会《バル・マスケ》]は偵察攻撃、総員を〝徒《ともがら》〟によって固めているはずであります。となると、異なる組織、あるいは単独の〝徒《ともがら》〟の手の者か……」

「[仮装舞踏会《バル・マスケ》]は悠二の件に絡んでないのかな」

やや短絡的《たんらくてき》に結論を出す、というより望む方向に持っていこうとするシャナを、アラストールが窘《たしな》める。

「喜んでいる場合ではないぞ」

「用心」

ティアマトーも言う。

たった一つの失言で未熟者《みじゆく》扱いをされて、シャナはムッとなった。さすがにそれを口には出さず、胸の内で呟《つぶや》く。

（分かってる）

もし［仮装舞踏会《バル・マスケ》］ではないとしても、自分たちを特定し尾行《びこう》して来る何者かがいる、というのは事実である。それに、相手が人間だからといって油断《ゆだん》は禁物だった。目的が偵察ばかりとは限らない。さすがに封絶《ふうぜつ》が発明された近世《きんせい》以降にはほとんどなくなっていたが、それ以前は、強力な宝具《ほうぐ》を持った人間が〝紅世《ぐぜ》の王〟を倒した例も相当数あるのである。

もちろん、人間に扱える攻撃型の宝具など、数としては希少もいいところだったし、使ったところでフレイムヘイズの身体《しんたい》能力は常人《じようじん》とは根本的なスペックが桁《けた》で違う。よほどの不運と気の緩みがなければ直接の危険はない。危険は、全体の状況にこそ潜《ひそ》んでいる。

（分かってるんだから）

もう一度、シャナは胸の内で唱《とな》え、自分がもはや巣立った頃とは違うことを証明すべく、心を奮《ふる》い立たせる。周囲の状況を、首を動かさず、目線《めせん》だけで確認してゆく。

天気は快晴。夏休みに入った、学生だけが感じる解放感を漂わせる朝は（シャナも僅《わず》かに、習慣からの解放、という意味で感じている）、すぐ熱気に跳ね上がることが分かる、ワクワクするような涼気《りょうき》で満ちていた。

さしてないはずの緑が匂《にお》う住宅地の中ほど、坂井《さかい》家から平井家のあるマンションへと向かう歩き慣れた道は、車の行き来もほとんどないのに、低いレンガ敷きの歩道がきちんと整備されている。辺りはほとんど二階建てまでの民家やアパートで、ところどころマンションや鉄骨に載った給水塔《とう》が、屋根の間から突き出ている。

とりあえず、フォローやバックアップの存在など、光景の中に異常は見られなかった。

今歩いている道の両脇《りょうわき》も、全て一般の住宅で、前後には人通りも――

「！」

シャナの相貌《そうぼう》が、対向《たいこう》に走って来るものを捉《とら》える。

見る間に近付くのは、大学生くらいの少年を乗せた自転車。

その少年は、

「？」

まるで珍獣《ちんじゅう》でも見るかのように、二人を――正確には、ワンピースにフリル付きのエプロンとヘッドドレスという今時《いまどき》ない服装、しかも大きな風呂敷《ふろしき》包みを背負っているというヴィルヘルミナを――横目《よこめ》に流しながら通り過ぎた。

通り過ぎ様《ざま》、小さく鳴った口笛の意味を、二人はまず深読《ふかよ》みする。

(合図、ではなさそうでありますな)

(こっちへの意識の集中も大したことないし、無関係かな)

それぞれ判断し、改めて『自分たちを注目する者の在《あ》り処《か》』を探る。

本来は敵の気配や攻守の際《きわ》を感じ取る、このフレイムヘイズ特有の能力を、彼女らは戦いの場以外、今のような索敵《さくてき》や、逆に隠密《おんみつ》活動においても頻用《ひんよう》していた。

「後ろ」

シャナが、先に看破《かんぱ》した。

ヴィルヘルミナは小さく答える。

「人間の取る、正統な尾《び》行《こう》術でありますな。では、次の角を曲がって、上から」

「うん」

養育係の女性と使命を果たせる喜び、未熟者扱《あつか》いされたことを見返そうという気負い、双方を示してシャナは頷《うなず》く。

二人は四辻《よつつじ》に差し掛かると、右に折れた。すぐさま右手の屋根に飛び乗り、引き返して尾行者の頭上を取ろうとする、

「え!?」

そのとき、

「むっ？」

自分たちに向けられていた意識が、急に途切《とぎ》れるのを感じたのである。

尾行者《びこう》が逃げた。

（ど、どうして？）

シャナは状況への戸惑《とまど》いと不手際《ふてぎわ》への焦りの中、屋根に跳び乗って、後方に引き返した。

並んで跳ぶヴィルヘルミナが念を押す。

「接触は、あくまでも慎重《しんちょう》に」

これは、相手が本当にただの人間だった場合のことを考えて、フレイムヘイズとしての力を見せるような真似《まね》を慎《つつし》む……つまり、常識の枠内で行動せよ、という意味である。

シャナは当然それを理解して、しかし少し腹立たしげに答えた。

「分かってる！」

彼女も、年数こそ少ないとはいえ、幾多《いくた》の戦いを経てきた一人前のフレイムヘイズなのである。新米《しんまい》扱いの助言は心外《しんがい》だった。

（もう『天道宮《てんどうきゅう》』の中にいるわけじゃないのに）

一方、そんな怒りの声（と感じた）をぶつけられたヴィルヘルミナは、内心、大きく驚き、またへこんでいた。もちろん表情には出さない。屋根を一蹴《ひとけ》り、少し前まで尾行者が潜《ひそ》んでいたはずの角に、棒のような姿勢で、まくれないようスカートを絞《しぼ》り、ズドンと着地する。

同時、突進の姿勢で軽やかに降り立ったシャナが叫ぶ。

「あっち！」

声と姿勢で指す先をヴィルヘルミナが見れば、やや遠くの角に、慌《あわ》てて走り去る足先がチラリと見えた。

言ったシャナは、すでに駆け出している。フレイムヘイズの脚力《きゃくりょく》で追いかければ、さほどの手間もかからず追い詰められるはずだった。

ほどなくと言うも短い間に、二人は尾行者が消えた角に駆け込む。が、相手はよほど巧妙《こうみょう》であるらしい。曲がった先は、ほとんど数件ごとに横辻《よこつじ》がついている細切れの区画で、容易にその逃走経路を図らせない。すでに不審《ふしん》者の姿は影も形もなかった。

「アラストール」

「うむ」

シャナは身の内の魔神《まじん》と短く言い交わして、再び非常手段を取る。路面を強く蹴り、大きく跳躍《ちょうやく》した。ワンピースをはためかせて夏の濃い空気を貫《つらぬ》き、足下に広がった御崎《みさき》市の住宅地をぐるり見渡す。

ヴィルヘルミナは、その宙に咲く一輪の姿態《したい》を見上げる。

「……」

そして一瞬、少女が自分に何も言わず対処策《さく》を取ったことへの寂しさを覚え……すぐにその馬鹿《ばか》馬鹿しい気持ちを打ち消した。自分たちが、かくあれ、と望む姿を少女は取っているのである。思い煩《わずら》う必要も意味もない。

その少女・『炎髪《えんぱつ》灼眼《しやくがん》の討《う》ち手《て》』が叫ぶ。

「いた！」

着地してすぐ駆け出す背中を、ヴィルヘルミナは並ばずに、追う。

やがて、少女の見つけた標的《ひようてき》、自分たちを尾行《びこう》していた不審《ふしん》者の背中が、四つほども角を曲がってから、ようやく見えた。

ひょろりと背の高い男で、夏だというのに褐色《かつしよく》のロングコートを羽織《はお》っている。コートから出た首も、のんびり歩を進める足も細い。顔をコートの立て襟《えり》越しに振り向かせると、慌《あわ》てて、その男もこっちに気付いたらしい。

と、その男もこっちに気付いたらしい。

再びの逃走にかかった。

「あ、待てっ！」

シャナは叫び、今度こそと追いすがる。

もちろん、待てと言われて待つ馬鹿はいない。

男は、細い足を物凄《ものすご》い勢いでぶん回して、まさに脱兎《だつと》の如《ごと》き勢いで疾走《しつそう》する。しかも、直線を徒《と》競走する愚《ぐ》を犯さず、小まめに曲がって追っ手を撒《ま》こうとしている。先の逃走経路も、まず常識では見つからないほど巧妙《こうみよう》な順路で曲がっていた。

（もし〝徒《ともがら》〟絡みでないとしても、よほど厄介《やっかい》な人間でありますな）

ヴィルヘルミナが思う間に、その背が近づいてくる。いかに訓練されていようと所詮《しょせん》は人間、フレイムヘイズの相手ではない。

曲がって曲がって、道も直角に交わらない生垣《いけがき》に挟まれた裏道まで入り込んでから、ようやくシャナは不審者に追いついた。

「っはあ！」

飛び蹴《け》り、という形で。

ところが、

「!?」

シャナは驚愕《きょうがく》した。

蹴りを背のど真ん中に受ける寸前《すんぜん》、男がひらりとこれをかわしたのである。

いくら本気ではなかったとはいえ、フレイムヘイズの蹴りを、ただの人間が。

正確には、よろけて転んだ男が、頭から生垣に突っ込んだ、という状況である。

しかし、事実として蹴りを避けていた。お世辞《せじ》にも格好《かっこう》良くとは言えなかったが。

シャナは驚いた半秒の後、地面に爪先《つまさき》を着けて反転、生垣の下で腹ばいの匍匐《ほふく》姿勢になった男の背中を強く踏みつけて、その動きを封じた。制圧の完了を鋭く告げる。

「動くな。抵抗、反撃、脱出、全て不可能よ」

踏みつけた下から、やけに渋い声が響《ひび》いた。唸《うな》り声である。

「うーん……やられたな」

その声に敵意がないのを感じて、シャナは男の背中から足をどけた。すぐ反撃のカウンターを取れる位置に足を下ろす。現在の複雑な情勢下、慎重《しんちょう》に対応しようと、傍《かたわ》らにやってきた同業の先輩《せんぱい》に、質問を譲《ゆず》ろうと視線を向けた。

ヴィルヘルミナは頼られたことを感じて、先の怒りの声による落ち込みを嬉《うれ》しさに反転させた。やはりもちろん顔には出さず、努めて平静な声色《こわいろ》で男を問い質《ただ》す。

「一体、貴方《あなた》は何者でありますか？」

ようやく身を起こすことを許された男は、地面に胡坐《あぐら》をかいて座った。自分の前に聳《そび》える恐ろしい女性たちを、臆《おく》さず見上げ、笑う。

「それは、こちらが教えてもらいたいところなんだがね」

渋い声とは裏腹《うらはら》に顔立ちは若く、三十過ぎほどと見えた。細長く尖《とが》った輪郭《りんかく》を、ひ弱さを感じさせない強靭《きょうじん》な線で形作った、不思議《ふしぎ》な容貌《ようぼう》である。

落ち着いた様子《ようす》で、男は髪の毛に絡まった葉っぱを払いながら言った。

「初めまして、お嬢《じょう》さん方」

その尋問《じんもん》への回答ではない挨拶に、フレイムヘイズらは揃《そろ》って目を白黒させる。

生垣《いけがき》による引《ひ》っ掻《か》き傷だらけの顔で、しかし泰然《たいぜん》と、胡坐をかいた男は名乗った。

「私の名は、坂井貫太郎《さかいかんたろう》だ」

数分後、大通り沿いにある喫茶店《きっさ》のボックス席で、三人は向かい合って座っていた。

当初こそ、メイド（しかも大きな風呂敷《ふろしき》包みを背負っている）の方から喫茶店を訪ねてくる、という珍妙《ちんみょう》な事態に周囲の注目も集まったが、座って数分した今では、誰もが自分の話題と興味に立ち戻っている。異変《いへん》も奇異《きい》も、刺激《しげき》が続かなければ維持されないものらしい。

貫太郎と、その対面に並んで座るシャナとヴィルヘルミナの間、テーブル上には、一皿のピザ、サンドイッチ、ウーロン茶、スパゲッティ、トーストエッグ、特大チョコパフェ、山盛りのサラダ、ホットコーヒー、ホットケーキ等が、所狭《ところせま》しと並んでいる。

ちなみに、ヴィルヘルミナのホットコーヒー、シャナの特大チョコパフェ（既に空《から》）以外は、全て貫太郎が頼んだものである。

「赴任《ふにん》先で『我が家のある街が大惨事《さんじ》になっている』と聞いて、慌《あわ》てて帰ってきたんだよ」

その彼は真正面、酷《ひど》い目に遭《あ》わされたばかりの二人に、隔意《かくい》なく話しかけた。渋い声と落ち着いた挙措《きょそ》の割に、構えない人物のようだった。

「報道では死者はゼロとのことだったが、やはり家族のことだから、実際にこの目で見て安心したかったんだよ。休暇を取るまでは、それなりに波乱万丈《はらんばんじょう》な展開でね」

声を切ると、前に座る二人がギョッとするほどの物凄《ものすご》い速さと勢いで、まさに『片付ける』ように口中へとピザを一皿分、一気に詰め込む。そうして、

「っっっ」

ごくり、と音が聞こえるほどの力で呑み込んだ。すると途端《とたん》に、元の落ち着いた雰囲気《ふんいき》に戻る。傍《かたわ》らのナプキンを取って、丁寧《ていねい》に口元を拭《ぬぐ》う仕草《しぐさ》も上品で、さっきまでのムチャクチャな食べっぷりは片鱗《へんりん》も見えない。変な男だった。

「ともかく、まず早急に安否《あんぴ》を確かめるつもりで戻って、まだ二人とも眠っているだろう、と早朝の我が家を遠くから見守ってみたら――」

（どうしてすぐ帰らないで、そんなことするんだろう？）

とシャナは思ったが、その説明はない。

「――庭で息子《むすこ》が、棒を持った可愛《かわい》らしい女の子に追いかけられているじゃないか」

貫太郎は別段《べつだん》責めるでもない、むしろ平静な口調《くちょう》の中に、親しみさえ込めているのだが、それでもシャナはションボリとしてしまう。

坂井貫太郎といえば、千草《ちぐさ》の夫であり、悠二《ゆうじ》の父である。その意味は制度でしか理解していないが、何百回と聞かされた千草の話を総合するに、『とても大好きで大事な人』であるらしい。外国に単身赴任《ふにん》している、『優しくて可愛い人』なのだとも言っていた。

悠二の方は、これらを聞く度《たび》に、またか、と呆《あき》れるだけで、自分から話してくれたことはな

いが、彼も決して嫌っているわけではないことは、言葉の端々《はしばし》から容易《たやす》く推測できた。

とにかく、いかに敵の襲来《しゅうらい》にぴりぴりしていたとはいえ、その人物を追い掛け回した挙句《あげく》、生垣《いけがき》に突っ込ませたり背中を踏んづけたりと、酷《ひど》いことをしてしまった。相手にそれを気にしている様子《ようす》が見えないとはいえ、やはり落ち込んでしまう（ちなみに、悠二を棒で追い回していたことについては、全く気に病んでいない）。

「それに、我が家の中を窺《うかが》ってみると――」

（塀《へい》や遮蔽《しゃへい》物があったはずでありますが、どうやって？）

というヴィルヘルミナの疑問にも、説明はない。

「――千草《ちぐさ》さんはもう一人、珍しい服装で飾ったお嬢《じょう》さんと歓談中だ」

貫太郎《かんたろう》は言って、彼女を見る。

その妻にやり込められた後ということもあり、ヴィルヘルミナは少々警戒感《けいかいかん》を持って、この妙《みょう》に落ち着いた男の視線に応対する。

が、貫太郎はすぐに視線を外して、今度はホットケーキを一皿六枚、まるで隠《かく》し芸か早食い競争のように、ムリヤリ口に詰め込んだ。引《ひ》っ掻《か》き傷だらけの顔が噛《か》みに噛んで、朝食にもかかわらず、また細身《ほそみ》のどこに入るのかという勢いで呑み込む。

「あんまり千草さんが楽しそうだったから、その邪魔《じゃま》をするのもどうかと思ってね。君たちが帰るまで、外で待ってたというわけさ」

言ってから、傍《かたわ》らを通ったウェイトレスに、

「ああ、ウーロン茶をもう一杯たのむよ」

と気軽に注文する。そうしてまた、布巾《ふきん》を取って口元を拭《ぬぐ》う彼に、

「ならば、なぜ家に帰らず、私どもの方を尾行《びこう》したのでありますか」

とヴィルヘルミナが、単刀直入《たんとうちょくにゅう》に核心《かくしん》の質問を発した。

言われた貫太郎は、すでにテーブルにあったコップを傾けて中身を飲み干している。

「いいね、ウーロン茶は。日本に帰ってきたという気が――」

軽口の間に、相手が会話に遊びを持たないことを見て取ると、

「分かった、答えよう」

コップを静かに置き、真面目《まじめ》な顔、渋い声で答える。

「趣味だ」

ボックス席の中だけに、沈黙《ちんもく》が降りる。

シャナは『そういう趣味もあるのか』と熱心に頷《うなず》き、ヴィルヘルミナは凍りついたように固まった。

貫太郎は念のために確認する。

「……冗談《じょうだん》だが？」

「当たり前であります」

ヴィルヘルミナは眉根《まゆね》を強張《こわば》らせ、言葉でぴしゃりと叩《たた》いた。

「？」

シャナだけが一人、会話の意味が分からず、怪訝《けげん》な表情で二人を交互に見る。

貫太郎《かんたろう》は頭を掻《か》いて苦笑《くしょう》し、そして何気なく、本当の答えを返した。

「まあ、実際のところ、君たちが何者なのか、突き止めようと思ってね」

「……」

押し黙るヴィルヘルミナ、

「どうして？」

不思議《ふしぎ》そうに尋《たず》ねるシャナ、
双方の反応を見てから、再び答える。

「自分の留守《るす》中に見知らぬ人間が家にいたら、普通は不審《ふしん》に思うだろう？　私は普段、我が家に連絡を入れないから、余計《よけい》にそういうことが気になるんだよ」

彼は、美男子《びなんし》という類《たぐい》ではなかったが、細っこい容貌《ようぼう》の中に妙《みょう》な深さを持っていた。妻である千草《ちぐさ》にも通じる、人に安心を齎《もたら》すそれの底には、妻の明るさとは対照的な、重さがある。

「いくら可愛《かわい》らしいからといって、それだけで人は信じられない」

そんな彼に笑いかけられて、シャナは意味もなく頬《ほお》を朱《しゅ》に染めた。

貫太郎は少女の初々《ういうい》しさに笑みを深めると、本当の相手、自分の対面にいる無表情な女性に向き直る。

「私どものことは、奥様に尋ねればよろしいのであります」

果たして、少女の様子《ようす》を逆に苦々《にがにが》しく思うヴィルヘルミナが言った。

「そうだね、それはその通りだが」

笑顔の底の、重さが増す。

「世間には、悪事の手口《てぐち》は山ほどある。家の千草さんと悠二《ゆうじ》も馬鹿ではないが、単身赴任《ふにん》の大《だい》黒柱《こくばしら》としては、いろいろ心配だ。たまに帰ってきたときくらいは全力でフォローしたいのさ」

ヴィルヘルミナは静かに、挑《いど》むように訊《き》く。

「もし私どもが、その悪事の手先だったら？」

「ヴィルヘルミナ⁉」

シャナは驚いて傍《かたわ》らを見上げたが、フレイムヘイズ『万条《ばんじょう》の仕手《して》』は正面の笑顔に相対《あいたい》したまま、微動《びどう》だにしない。

貫太郎の方はといえば、笑顔はそのままに、皿の上のサンドイッチを鷲掴《わしづか》みにしていた。またた丸ごと無理矢理《むりやり》に詰め込み、猛然《もうぜん》と噛《か》み、そして呑み込む。まるでそれが、答えを用意する時間ぴったりだったように、呑み込んで即、口を開く。

「そうではない人に言う必要はない、な」

「もう、その疑いは晴れていると？」

ヴィルヘルミナ再びの質問への答えを、貫太郎《かんたろう》はシャヤナに贈った。

「可愛《かわい》いだけでなく、いい子なようだからね」

笑って、引《ひ》っ掻《か》き傷をさする。

「――それに、そう、強い子でもあるな。全力フォローの結果がこうなるくらいだ」

その原因を作ったシャヤナが、またションボリする。

「……ごめんなさい」

「ああ、そういう意味じゃない」

自分の失言に気付いて、貫太郎は頭を掻《か》いて詫《わ》びた。

「どうも私は冗談《じょうだん》が下手《へた》でね。気にしないでくれ。全然《ぜんぜん》大丈夫だから」

少女の前に置かれた空《から》の器《うつわ》を見て、せめてもの償《つぐな》いを持ちかける。

「特大チョコパフェ、もう一つ食べるかい？」

「……」

シャヤナは、傍《かたわ》らの女性を恐る恐る見上げる。

許可を求められていることを感じたヴィルヘルミナは、短い溜息《ためいき》とともに答えた。

「いいでしょう」

「ありがとう、ヴィルヘルミナ！」

「さあ、遠慮《えんりょ》せず、どんどん食べなさい」

ボックス席に明るい声が響《ひび》き、

「私どものお代は自分持ちであります」

「……」

「……」

すぐ収まった。


既に昼前、軽い朝食を終え、またシャナたちとも別れた貫太郎は、

（さて、ようやく我が家に……）

帰宅を果たすべく意気揚々《ようよう》、我が家のある通りをまず角から窺う。

「……？」

と、彼はその門前に、さらなる来訪者を捉《とら》えた。

（今日の坂井《さかい》家は千客万来《せんきゃくばんらい》だ）

自分も含めてそう思いつつ、抜き足差し足で近づいてゆく。

近づくほどに、門前にある姿がはっきりしてくる。

女の子だった。

さっきまで一緒だった二人の、丁度《ちょうど》中間くらい、悠二《ゆうじ》と同じ年頃《としごろ》の体格である。大人《おとな》し目な

色合いのブラウスにプリーツスカートという服装。少し色素の薄い肩までの髪は、絹糸《きぬいと》のようにさらさらで、日の光の下、淡い輝きを見せている。

「――、――っ」

(?)

少女が何か言っている。体を前にやや傾けて、なにかブツブツと。

しばらくすると、体を伸ばす。深呼吸《しんこきゅう》をしているらしい。

(アブナい人だろうか……こういうケースは、想定していなかったが)

などと、酷《ひど》く失礼なことを考える貫太郎《かんたろう》である。

やがて、その少女の言葉が耳に届くようになってきた。

「――坂井君《さかいくん》――ナちゃん――」

(坂井君?)

君付けされる坂井には、一人しか心当たりがない。

「――やんには関係のないことで、私が――誘って――」

(誘う?)

細い体躯《たいく》を平然と歩かせ、しかし影のように音もなく、少女の背後に近付く。

「――私が、坂井君を、誘って、どこに行こうと、――」

(ははあ)

ようやく分かった。どうも、我が家に入った際の予行演習を、今ここでしているらしい。

「――ちゃんには、関係ないことでしょ、私が、坂井君を誘って、どこに行こうと――」

しかも、どこかのライバルを押しのけまでして、息子《むすこ》をデートに誘おうとしてくれているようだった。

（ほう、悠二《ゆうじ》のやつ……少し見ない間に、なかなか隅《すみ》に置けない男になっている）

我が子の思わぬ成長に目を細めつつ、少女の背後を取る。肩越しに派手《はで》な色のチケットを持っているのが見えた。いつもの習慣として確認し、覚える。

少女は再び深呼吸した。

「すぅー」

「はぁー」

後ろで、貫太郎も一緒に。

「はひゃわっ!?」

「こんにちは」

驚いて飛び上がった少女に、貫太郎は抜け抜けと挨拶《あいさつ》した。

「我が家に、なにかご用かな？」

「え、え……？」

真っ赤な顔に涙目《なみだめ》、ドキドキしているらしい胸を押さえるという、初々《ういうい》しい少女の仕草《しぐさ》に、妻の若き日を重ね合わせる。

「おっと」

動揺の極《きわ》みにあるらしい少女は、自分から話しかけられる様子《ようす》ではなさそうだった。

一度目、平井《ひらい》ゆかり、ヴィルヘルミナ・カルメル両女史《じょし》相手のときは甚《はなは》だ情《なさ》けない状況だったので、今度はできるだけ格好《かっこう》をつけて、自己紹介する。

「失礼」

もっとも、引《ひ》っ掻《か》き傷だらけの顔は、隠《かく》しようもなかったが。

「悠二《ゆうじ》のお友達ですか、お嬢《じょう》さん。私は、坂井《さかい》悠二の父で貫太郎《かんたろう》と――っわ!? ど、どうしたね、お嬢さ……千草《ちぐさ》さーん!!」

坂井貫太郎、久々の帰宅は、自分のみっともなさ、現れた意外な人物、双方へのショックから失神《しっしん》した少女を担《かつ》ぎ込むという、さらに情けないものとなった。

「少しは気をつけてくださいね、貫太郎さん。あなたは昔から茶目《ちゃめ》っ気が変な方向に飛びすぎてるんですから」

居間と続きの和室で、寝かせた吉田《よしだ》を介抱《かいほう》する千草が、少し怒った様子《ようす》で言った。

食卓には、紺《こん》色の作務衣《さむえ》に着替えた貫太郎の姿がある。

「まったくもって、申し訳ない……」

渋い声も台無《だいな》しな弱々しさで答え、済まなそうに頭を掻《か》いた。

その対面にある悠二が麦茶を飲みながら、久々の再会を果たした父に追い討《う》ちをかける。

「いつも無駄《むだ》に人を騒がすんだから、父さんは。そうでなくても、吉田さんは体育の授業で倒れちゃうくらいに体が弱いんだよ？」

「そのようだ、すまない……ときに悠二」

「？」

父が、真剣かつ興味津々《しんしん》な風に訊《き》いてくる。こういう場合、彼は大抵碌《ろく》なことを言わない。

「平井さんと吉田さん、どっちが本命なんだ」

「ぶはっ!?」

悠二は思わず口に含んでいた麦茶を吹いた。

それを危うく避けた貫太郎が、息子《むすこ》の狼狽《ろうばい》振りに正答を見出す。

「……決めてないようだな」

悠二は咳《せ》き込みながら、なんとか言葉を繋《つな》げる。

「げは、な、なっ、げほ、なんで、父さんが、シャナのこと、知ってんのさ？」

「父を侮《あなど》るものじゃない。すでに面接も済ませ――『しゃな』？」

さっそく馬脚《ばきゃく》を現す父である。

「平井《ひらい》さんのこと。それに、別にまだ、二人は、そういうんじゃなくて、その」

悠二《ゆうじ》もブツブツと言い訳をする。

と、そんな情《なさ》けない男どもを制するように、

「吉田《よしだ》さん、気が付いた?」

隣室《りんしつ》で千草《ちぐさ》が言った。

額《ひたい》のタオルと、見慣れない天井に、吉田は戸惑《とまど》いの声を零《こぼ》す。

「……あ、私……ここは?」

その顔を、千草が柔らかな微笑《ほほえ》みとともに覗《のぞ》き込む。

「私のお家。ごめんなさいね、貫太郎《かんたろう》さんのジョークって、笑えないのにショックばかり大きくて」

「大丈夫、吉田さん?」

妻の酷評《こくひょう》にがっくりする父を置いて、悠二も和室に入る。

吉田は、ようやく現状を理解し、慌《あわ》てて身を起こそうとする。

「あ、私……すいません!」

「だめだめ、まだ寝てなさい」

「でも、別に調子が悪いとかじゃなくて、びっくりしただけで……」

「いいから、落ち着くまでくらいは、ね?」

千草が有無《うむ》を言わせない優しさで、少女を再び寝かしつけた。そうして、布団《ふとん》の脇に置いたお盆から吸い飲みを取って訊《き》く。

「頭とか、打ってない？　咽喉《のど》は渇《かわ》いてないかしら？」

「それなら大丈夫だ。倒れる前に、しっかりと抱き止め――」

と口を挟む貫太郎を、

「黙っててください、大事なことを訊いているんですから」

千草が一言で抑えた。

萎《しお》れる大黒柱《だいこくばしら》の姿を哀《あわ》れに思った悠二は居間に戻り、グラスに麦茶を注《そそ》いで渡した。

「ホント変わらないね、父さんは」

「こういうところは……たぶん、永遠にな」

受け取った貫太郎は、苦《にが》くも嬉《うれ》しげに、微笑《ほほえ》んだ。

数分後、ようやく起き上がることを許してもらえた吉田は、改めて介抱《かいほう》してくれた千草にお礼を言い、貫太郎と悠二にも遅ればせな挨拶《あいさつ》をした。

その坂井《さかい》貫太郎こと自称・一家の主《あるじ》は、食卓に額《ひたい》を擦《こす》り付けんばかりに謝る。

「いや、なにをやってるのか気になったもので……申し訳ない」

「い、いいんです、本当にいいんです。さ、坂井君《さかい》」

大げさに謝られて困る吉田《よしだ》は、悠二《ゆうじ》と、次いで千草《ちぐさ》に助けを求めた。

「父さん、もういいってさ」

「ほらほら、貫太郎《かんたろう》さん。かえって吉田さんを困らせてしまってるじゃありませんか。もう止めてくださいね」

なにを止めるべきか、彼なりの葛藤《かっとう》があったのだろう、少し考えてから頷《うなず》く。

「分かった。極力《きょくりょく》考える」

その奇妙《きみょう》な返事に、思わず吉田は悠二と目を合わせて笑った。そんな二人を見た千草も、どさくさで貫太郎も笑って——余計《よけい》な道を回り回った、ようやくの談笑《だんしょう》となった。


「……いつも急に帰ってくるんだから」

困った半分、笑い半分の千草が台所から現れ、

「はい、どうぞ。用意とかしてないから、大した量はありませんよ」

ベーコンエッグと野菜炒《いた》めを載せた大皿が、食卓の上にドンと置かれる。

「ああ、構わないとも」

取り皿を手にした貫太郎が、大きく深く頷《うなず》いた。

「わあ――」

吉田は、その量の多さに目を見張る。千草の言葉とは裏腹《うらはら》に、双方ほとんど山盛りだった。

千草が坂井家のローカルルールを、和《なご》やかかつ満足気な笑みとともに教える。

「おかずは大皿いっぱいに載せて、各自で取り分けるのが家のやり方なの。貫太郎さんがこうでしょ？」

その視線の示す先では、細長いのにひ弱に見えない変な男が、自分の食べる分を皿に取り分けている。

「こうして皆で一緒に、楽しく騒ぎながらご飯を分けて食べるというのは、なんとなくワクワクするだろう？」

自説を行為で肯定する貫太郎の姿は、容貌《ようぼう》や声の渋さとは裏腹に、なんだか無邪気《むじゃき》な子供のようで、妙《みょう》な愛嬌《あいきょう》がある。

吉田はその様《さま》に、千草が彼を好きな理由の一端《いったん》を見たような気がした。

悠二が声をかける。

「吉田さんも早く取らないと、みんな父さんに食べられちゃうよ」

「はい。じゃあ、少しだけ、いただきます」

「どうぞ、召し上がれ」

千草は、どことなく弾《はず》んだ声で勧めると、食卓に頬杖《ほおづえ》を着く。その視線を傍《かたわ》ら、自分の作った料理を、急《せ》きたてられるような勢いで掻《か》き込んでいる男に向ける。なにをするでもなく、ただ見つめて微笑《ほほえ》む。

吉田《よしだ》はそんな『妻の姿』に、激しい羨望《せんぼう》を覚えた。少し意識して、自分も傍《かたわ》ら、適量を取って食べている悠二《ゆうじ》へと視線を向ける。

彼も久々の帰宅が嬉《うれ》しいのか、父の無茶《むちゃ》な食べっぷりを呆《あき》れつつも笑って見ている。

貫太郎《かんたろう》は一人、食欲の男になっていた。

「美味《うま》い。やはり千草《ちぐさ》さんの料理だ」

と、なんだか分かるような分からないような誉《ほ》め方をする。

「お客様にお出しする分にも足りない、有り合わせですよ」

頬杖を着いたまま、ニコニコと千草は答える。

「いや、材料は関係ないな。美味《おい》しいものは、美味しい」

「父さん、あんまりみっともない食べ方しないでよ。今日は吉田さんもいるんだから」

息子《むすこ》に言われて、貫太郎は素直に謝る。

「ああ、そうか。いや、我が家の食事はしばらくぶりでね。重ね重ね申し訳ない」

「いえ」

吉田は、この団欒《だんらん》に混じっていられることを嬉《うれ》しく思っていた。

「坂井君のお母さんもですけど、お父さんも、すごくお若いんですね」

素直な感想である。千草が例外、と思っていたら、なんと父までが若々しい、というより若い。従兄弟《いとこ》と言われれば信じてしまいそうだった。

「そうかな」

貫太郎は軽く首を傾《かし》げ、

「まあ」

千草は素直に照れ、

自然と目線《めせん》を合わせて、単純ではない笑みを交わす。

「二人は学生結婚だったしね」

そんな二人の様子《ようす》には慣れっこな悠二が、投げやりに言った。

「そうなんですか」

吉田は、恋する乙女《おとめ》として、打算のない憧れをその言葉に抱く。

艱難《かんなん》を実際に味わった二人は、そのことを表《おもて》に出さない。

ただ、貫太郎が、自慢ではない実感を口にする。

「当時は、未熟さに見合った苦労が容赦《ようしゃ》なく襲《おそ》ってきて、大変だったよ」

そうして、急に笑って付け加える。

「そうだ、年齢《ねんれい》は訊《き》かないでくれ。千草さんに怒られてしまうから」

「もう、貫太郎さんったら」

千草《ちぐさ》も笑い、そうして、ようやく気が付いたように吉田《よしだ》に向き直った。

「そういえば、吉田さん。今日はどうして家に？　悠《ゆう》ちゃんになにか御用？」

「――あっ」

すっかり馴染《なじ》んでしまっていた吉田は、ようやく自分の用事を思い出した。

「えっと、あの、シャナちゃんは？」

まるで舞台公演に必要な相方《あいかた》を求めるように、当然この家に入り浸《びた》っているはずの少女、ライバルの姿を探す。

悠二《ゆうじ》はベーコンエッグを取る手を止め、少し複雑な表情で答えた。

「今日は、ちょっと用事があって帰ったんだ」

「そう、ですか」

吉田は、その事実に奇妙《きみょう》な落胆《らくたん》を感じた。

（チャンス、なのかな）

すでに貫太郎《かんたろう》に目撃《もくげき》されたように、今日、彼女が坂井《さかい》家を訪れた目的は、悠二をデートに誘うことである。

そして彼女はその場合、ほとんど当然のように『シャナを正面に置いて、悠二を取り合う』という状況を想定していた。そのための台詞《せりょ》もしっかり（といっても短いが）用意して、万全《ばんぜん》の態勢で乗り込もうとしていたのである（その出端《でばな》を貫太郎に挫《くじ》かれたが）。

だというのに、そのシャナが、今日に限っていないという。

気合を入れて臨んでいた彼女としては、正直拍子抜《ひょうしぬ》けする思いだった。

大前提《だいぜんてい》の消失に、

（どうしよう）

と途方《とほう》に暮れてさえいた。

もちろん彼女にも、今の状況がとてつもなく有利だというのは分かっている。分かっているのだが、なんだかライバルの留守《るす》を狙ってこっそり、というやり方が、卑怯《ひきょう》であるように思えた。別に格好《かっこう》をつけているわけではない。あの『フレイムヘイズという強い少女』がライバルである、という事実に、奮起《ふんき》と対抗心を抱《いだ》かされるのである。

（でも）

ふと、狼狽《ろうばい》する中で思う。

つい先日、花火をクラスの仲間たちと楽しんだ夜、シャナは抜け駆けのように、手作り弁当を悠二に渡していた。あれは少し、卑怯な手口だったとは言えないか。

（なら、私だって――）

とまで考えて、

（いけない、そんな根に持つようなこと）

と思い直す。一方で、

（でも、それじゃ、今日はなんのために）

という焦りも生じる。

そして不意に、

「吉田《よしだ》さん？」

と悠二《ゆうじ》に呼ばれて、我に返った。

「えっ？」

気付けば、その葛藤《かっとう》の様子《ようす》、無自覚な百面相《ひゃくめんそう》を、坂井《さかい》一家が揃《そろ》って見ていた。

「あっ――」

首から上に全身の血が集まってくる。

「いえ、違うんです。私、これ、その……」

吉田は恥ずかしさのあまり、言葉を切った。

彼女としても、悠二とシャナを相手にすることについて、覚悟《かくご》はしていた。坂井家を訪ねる以上、千草《ちぐさ》もいるだろう、と予測していた。それに、千草は時と場合によっては味方になってくれる、最低でも中立でいてくれるだろう、と判断していた。場所も、玄関で言い合うくらいだろう、と思っていた。

（で、で、でも）

まさか父である貫太郎《かんたろう》までもが加わって、シャナのいない坂井家という一まとまりの中、自分という部外者が団欒《だんらん》に混じって、こんな度胸《どきよう》試しのように取り囲まれる形で、答えを求められることになるなどとは、全く想像だにしていなかった。

（ど、どう、なにが）

パニックが起きそうになる。自分がなにをしに来たのか、熱を持った頭、痛いほどに鼓動《こどう》する心臓、潤《うる》んでしまう瞳、全てが邪魔《じやま》をして、わけが分からなくなる。

（――私、私――）

そのとき、救いの神・千草が、絶妙《ぜつみよう》なタイミングで一言。

「そうだ、悠《ゆう》ちゃん、せっかく来てもらったんだから、お部屋にお通ししたげなさいな」

悠二は吉田の、自室への予期せぬ訪問に、慌《あわ》てて部屋を片《かた》していた。

「ごめん、その、いきなりだったから」

といっても、それほど汚いわけではない。寝乱れたベッドを整え、床に散らかっていた雑誌と漫画をまとめる程度である。

「いい、いいえ、思ったより片付――す、すいません」

ドアの前で立ちすくむ吉田は、見回すのが不躾《ぶしつけ》と思い、視線を板敷《いたじ》きの床にやった。好きな少年の部屋に初めて入った、それだけのことに緊張《きんちよう》していた。

「は、はは、別にいいよ」

悠二《ゆうじ》はこういう場合においてどうかと思いつつも、シャナに感謝していた。

彼女が坂井家《さかい》に入り浸《びた》って、ときに無造作《むぞうさ》に踏み込んできて疑問点を問い質《ただ》したり、またときにベッドの上でゴロゴロしながら本を読んだりするおかげで、部屋の片付けが常習化《じょうしゅうか》していたのである。

ようやく雑誌を一まとめに本棚へ押し込むと、悠二は千草《ちぐさ》の持たせた座布団《ざぶとん》を取る。

「お待たせ。床に座布団と、ベッドに腰掛けるの、どっちが……あっ、椅子《いす》もあるよ」

「それじゃ、座布団、お願いします」

「どうぞ」

「はい」

微妙《びみょう》によそよそしい遣《や》り取りとともに、二人は向き合って座った。

吉田《よしだ》は渡された座布団に正座で、悠二は自分の椅子のクッションの上に胡坐《あぐら》で……座りかけて、慌《あわ》てて正座に直す。

「……」

「……」

まるで、お見合いのような格好《かっこう》だった。

二人とも、坂井夫婦という潤滑剤《じゅんかつ》をなくして、つい口が重くなる。

ドキ
ドキ
ドキ
ドキ
ドキ
ドキ
ドキ
ドキ

（さ、坂井《さかい》君の部屋に、入っちゃった……）

吉田《よしだ》は、二人きりという願ってもない状況下、口火《くちび》を切るきっかけを必死に探していた。全て予行演習とは違いすぎる、しかも嬉《うれ》しい方への誤算《ごさん》ばかりなので、かえって動転《どうてん》していた。

（え、と、なんだろう、僕から話を振らないとダメかな）

悠二《ゆうじ》は、そもそも何を言われるのか分かっていない。なにか話を、といっても共通する主な話題の学校は休みに入っている。まさか〝紅世《ぐぜ》〟関連のことを言うわけにもいかない。

互いの躊躇《ためら》いで空気が重くなる、その寸前《すんぜん》、

「悠《ゆう》ちゃん、入っていい？」

千草《ちぐさ》の声と共にドアがノックされた。

「う——どうぞ」

うん、といういつもの返事を、途中で余所《よそ》行きの言葉に変えて、悠二は答える。

「お邪魔《じゃま》します」

と丁寧《ていねい》に断って、千草がジュースを注《つ》いだコップをお盆に載せ、運んできた。静かに二人の間にお盆を置いて、吉田に一言、

「落ち着いて、ね？」

「は、はい」

それだけで、少女は顔を明るく輝かせた。

逆に悠二は恥ずかしくなって怒鳴《どな》る。

「母さん!」

「はいはい、それじゃ」

全部分かっている風な母は、そそくさと退出した。

その階段を下りる気配もまだある中、吉田は湧《わ》いた勇気の枯れない内にと、(彼女としては)大きな声で言った。

「明日、お暇《ひま》ですか!?」

「わっ!? ……うん、暇、と言えばたしかに暇だけど」

飛び出た質問の意味を悠二は数秒考え、自分の立場やらなにやら、いろいろ考える。

そんな彼の躊躇《ちゅうちょ》を押し切るように、吉田は前のめりに詰め寄る。

「チケット、買ったんです」

「えっ……?」

「行きませんか?」

詰め寄られた分だけ仰《の》け反《ぞ》る悠二は、

(つ、つまりこれは……デート、か?)

と今さらのように理解した。差し出された、赤やら金やら派手《はで》な色合いのチケットの文字に目をやる。その丸っぽい文字のデザインには見覚えがあった。

「あっ、『ファンシーパーク』……そういや、まだ行ったことなかったな」

正式な名前は『大戸《おおど》ファンシーパーク』。

数年前、御崎《みさき》市に隣接《りんせつ》する大戸市の山手《やまのて》、往還道《おうかんどう》沿いに開業したテーマパークだった。地方ローカルらしいが、コマーシャルもよくやっている。割と笑えるコマーシャルソングが、一時期クラスで流行《はや》ったりしていた。

悠二《ゆうじ》個人としては、『ファンパー』という略称《りゃくしょう》を知らないまま話を合わせようとして、結果トンチキな受け答えをしたという、非常に恥ずかしい思い出があったりする。

たまに誰かが休日に遊びに行ったのを又聞《またぎ》きするくらいで、特に興味というほどのものは持っていなかったのだが、

(遊園地、か……池《いけ》がいつだったか、狭いけどアトラクションは面白いのが揃《そろ》ってる、って言ってたっけ)

いざ、こういうことで誘われてみると、急に気になってきた。

(たしか、駅前から出てるシャトルバスでいけるんだよな?)

「あの、どうでしょう」

吉田《よしだ》に訊《き》かれ、答えようとした一瞬、悠二の脳裏《のうり》に後ろめたさが過《よ》ぎった。自分の置かれた立場や状況、なにより、

(シャナ、どう思――)

と、彼の想いの端を察《さっ》した吉田が、さらに詰め寄った。

「行きませんか!?」

前のめりに倒れそうな剣幕《けんまく》に、思わず悠二は唸《うな》るように、

「つう、ん」

頷《うなず》かされていた。


野菜炒《いた》めをバリバリ食べていた貫太郎《かんたろう》が、呑み込んでから千草《ちぐさ》に訊く。

「どうやら、上の二人はデートらしいな。千草さん、我々もどうだろう、ひとつ?」

新たに大盛りのチャーハンを持ってきた千草は笑って答える。

「お仕事は大丈夫なの?」

さっそく取り皿にこれを移す貫太郎は、なにをか深く、笑って返した。

「たまの休みだ、文句は言わせないさ。とりあえず午後から、久しぶりの散歩がてら調べておこう。希望はなにかあるかな?」

「最後がいつものなら、なんでも」

「よし、じゃあ手広く見繕《みつくろ》うとしよう……これは、新メニューかな?」

チャーハンの具《ぐ》を見て訊《き》く夫に、妻はテーブルに頬杖《ほおづえ》を着いて、充実の微笑《ほほえ》みを返す。

「さあ？　まずは食べてみてくださいな」

3　過信と痛撃

湯気の中から、シャナが声を上げる。

「ねえ、ヴィルヘルミナー」

平井《ひらい》家の風呂《ふろ》場である。

「一緒に入ろうよー、知ってるー？　お風呂って面白いんだよー？」

湯船《ゆぶね》の縁《ふち》に顎《あご》を載せて、すりガラスの引き戸、その向こうを窺《うかが》う。

マンションの風呂場であるため、あまり大きくはないが、小柄《こがら》なシャナがくつろぐには十分な空間である。

シャナは今日、平井家の風呂を初めて使う。御崎《みさき》市で暮らすため『平井ゆかり』に偽装《ぎそう》して以降、彼女にとってこの家は、寝床兼《けん》倉庫でしかなかった。生活の主体が、入り浸《びた》っている坂《さか》井《い》家にあったためである。風呂も当然、向こうで使っていた。

そもそもフレイムへイズは、『清めの炎《ほのお》』という自在法《じざいほう》で体を清潔《せいけつ》に保てるため、入浴する必要がない（本来は傷ついた肉体の消毒に使うものという）。

シャナ個人は特に、幼少からアラストールの炎《ほのお》の中でこの清めを受けてきたため、入浴という習慣の存在さえ知らなかった。彼女は自分が新発見したこの娯楽《ごらく》に、養育係を誘おうと思ったのだった。

「――?」

ところが、返事は一向にない。

(他に片づける所、あったかな)

シャナは、彼女の張り切りようを思い出す。

平井《ひらい》家は今日、『万条《ばんじょう》の仕手《して》』ヴィルヘルミナ・カルメルの手によって、全面的な生活環境の改善が行われたのだった。とりあえず、普通に人の住める程度まで。

昼前、貫太郎《かんたろう》と別れてすぐ後、少女の暮らす家の扉を、ややの期待とともに開けたヴィルヘルミナが最初に見たのは、

「……」

狭い玄関先にドカンと置かれた巨大な業務用のゴミ箱だった。

やはりと言うか、その中はお菓子類《るい》の残骸《ざんがい》ばかりである。

「……」

その向こう、突き当たりの窓にカーテンも閉まったきり、という薄暗い廊下は、ひたすらに殺風景《さっぷうけい》だった。見る場所、全てに堆《うずたか》く埃《ほこり》が積もっていた。

殺風景な理由は分かっていた。トーチだった家族の消滅《しょうめつ》により、その私物や痕跡《こんせき》が存在を許されなくなり、一斉《いっせい》になくなったのである。

トーチが消えることによって起きる現象は、本来在《あ》った全ての痕跡を書き換える、というポジティブな『改変《かいへん》』ではない。そこに存在していた繋《つな》がりや証《あかし》がこの世から抜け落ちる、というネガティブな『消失《しょうしつ》』である。写真からも記録からも、なくなるだけ。矛盾《むじゅん》があっても、理由など誰も突き止められない。そんなものはないのだから。残された矛盾点や不自然な現象には、周りが勝手に理由と理屈《りくつ》を付けて納得してしまう。

現代社会における、それが『喰われた結果』なのだった。

この結果の現れの一つとして、平井家にはシャナが存在を割り込ませた『平井ゆかり』という個人に繋がっている物だけが残されていた。

そして、それらのほぼ全てが、彼女がこの部屋にやって来たときのまま、ほったらかしにされていた。

玄関のゴミ箱と、見た限りの無惨な有様を前にしたヴィルヘルミナとシャナの、

「……これは？」

「なにが？」

「……」

という受け答えで分かるように、このフレイムヘイズとして育った少女は、掃除なる行為の

必要性を、全く認めていなかった。

「どこを、使っているのでありますか？」

玄関先で固まるヴィルヘルミナに対する彼女の答えも、簡潔明瞭《かんけつめいりょう》だった。

「ベッドと机」

たしかに、確認すれば、ベッドに行くまでの道と勉強机だけが清潔《せいけつ》に保たれていた。衣服や下着は、纏《まと》め買いしたものらしい、大きな段ボール箱の列として部屋に鎮座《ちんざ》していた。

反面、その他の場所は、完璧《かんぺき》に放置されていた。台所どころか、そこに至るまでの廊下、かつて両親がいただろう空《から》っぽの部屋、フレイムヘイズに必要がないとはいえ風呂《ふろ》もトイレも、全てが堆《うずたか》く埃《ほこり》をかぶって、静寂《せいじゃく》と沈滞《ちんたい》の空気に澱《よど》んでいた。

かつて少女を育てた『天道宮《てんどうきゅう》』という広大な宮殿《きゅうでん》を、たった一人で保守管理していた綺麗《きれい》好きのヴィルヘルミナにとっては、まさに耐え難い惨状《さんじょう》である。少女にフレイムヘイズとしての技能以外、なにも授《さず》けなかったのは彼女らなのだから、これは必然の結果であり、因果《いんが》の応《おう》報《ほう》というものではあったのだが。

ともかく、己《おのれ》のその手落ちに少なからぬショックを受けつつも、彼女は養育係として、この惨状を打開すると決めた。

「……買出しに行くのであります」

「え？」

「近隣《きんりん》に、ショッピングセンターの存在を確認しております」

「まだ下着はいっぱい残ってるよ」

本気で言う少女に、ヴィルヘルミナは宣言《せんげん》した。

「暮らす家を、作らねばならないのであります」

「でも、ヴィルヘルミナ、状況の後片付《あと》けは……？」

そう、彼女がこの御崎《みさき》市にやってきた（表向《おもてむ》き）本来の（ものとされた）理由は、〝紅世《ぐぜ》の王〟との戦闘でボロボロになった御崎市における〝紅世《ぐぜ》〟関連の事物、その痕跡《こんせき》の抹消《まっしょう》と情報操作《そうさ》なのである。こんな所で無駄なことをする暇《ひま》はないはずだった。

フレイムヘイズの常識として使命を優先させるシャナに、しかしヴィルヘルミナはもう一度、強く言い直した。

「暮らす家を、作らねばならないのであります」

「……？」

その断言に怪訝《けげん》な顔をする少女への言い訳、理由付けとして、ヴィルヘルミナは、

「この家を、御崎市における我々の活動のベースキャンプとして機能させねばならないのであります。どうぞ、その設営に助力を」

と非常に大げさな虚偽《きょぎ》申告を行った。

「……うん」

シャナも、ここまで言われては反抗もできなかった。

こうして、平井《ひらい》家の大《だい》改装が始まった。

ヴィルヘルミナは生活に必要な調度品《ちょうどひん》を揃《そろ》えるため都合《つごう》五度、巨大な登山用のザックに荷物をくりつけてショッピングセンターと平井《ひらい》家を往復した。

この間、シャナも彼女とともに出かけ、あるいは指示されたとおりに掃除や模様《もよう》替えというものを手伝っている。彼女としては、ほとんど全てが初めての興味深い作業で、しかもそれが大好きな女性と一緒に暮らすためのものであることから、終始ご機嫌《きげん》だった。

ただ、指示する側のヴィルヘルミナも、僅《わず》かながら顔に出るほどの喜びを示していた。

「これから一緒に暮らせるんだね」

という少女の言葉が、辛《つら》かった。彼女としては、この作業は実のところ、一時の滞在《たいざい》における快適さを得るためめと、少女のこれからを思っての実地《じっち》研修でしかない。なにせ、長期滞在にはいい、い、い、い、い、決してならないのだから。

ともあれ、ほとんどその日《ひ》一日をかけて、平井家は普通の家庭並みの生活環境、その体裁《ていさい》を整えた。

夜も相当に更《ふ》けた今、ようやく、初めて、自分が掃除した風呂《ふろ》に、シャナは浸《つ》かっていた。

湯船《ゆぶね》に張ったお湯が、満足感そのもののような安らぎを与えてくれる。

「二人で入るとねー、『背中を流す』ってのができるんだよー？」

封を切ったばかりのシャンプーや石鹸《せっけん》、タオルを使う嬉《うれ》しさに弾《はず》む声を再びガラス戸越しにかけるが、やはり返事はない。

「ヴィルヘルミナ？」

怪訝《けげん》の色浮かぶその呼びかけに、アラストールが代わりに答えた。

「つい先刻、外に出た」

その声がガラス越しである以上にくぐもっているのは、少女が風呂に入る際の決まりとして、神器《じんぎ》〝コキュートス〟がタオルの下の方に隠《かく》されるためである。

「まだ足りぬ物があるらしい」

「ふうん……じゃあ、ちょっとだけ待ってよ……」

残念そうに言うと、シャナは鼻先までをお湯の中に潜《もぐ》らせた。ぷくぷくと口から泡を吹いて遊びつつ、

（早く帰って来ないと、夜の鍛錬《たんれん》の時間が来ちゃうな）

と思う。そうして、意外《いがい》に気持ちのいいものだった今日の掃除と『これからの、ヴィルヘルミナとの新しい生活』を想像し、水面下で微笑《ほほえ》む。悠二《ゆうじ》のこと、『零時迷子《れいじまいご》』のこと、〝徒《ともがら》〟のこと、全ての懸念《けねん》材料を加味して、それでも微笑む。

（背中流すのは、また明日でいいかも）

その目の前で、泡が弾《はじ》けて消えた。

タオルの下で、アラストールは思う。

(シャナのために、あ奴《やつ》の存在を『万条の仕手《ばんじようのして》』と〝夢幻の冠帯《むげんのかんたい》〟に納得《なっとく》させる方法が、なにかないものか)

彼は、さすがに数百年ともに暮らしてきただけに、彼女らの性向《せいこう》を熟知《じゅくち》していた。

あの二人は、決して納得していない。

そしてそれを、表面に出しはしない。

分かっている。

あの二人は、頑固《がんこ》者である。

意志を、行動によって示す。

坂井《さかい》悠二《ゆうじ》を破壊する、という行動を。

断固《だんこ》として。

分かっているのだ。

(とはいえ、あの頑固者どもに、シャナ個人の感情や愛着を理由に断念《だんねん》を迫るは、まずもって下策《げさく》……いや、むしろ逆《ぎゃく》効果でさえあるだろう)

もちろん彼自身、そんなみっともない真似《まね》をするつもりも、契約者にそれをさせるつもりもない。彼も少女も、フレイムヘイズなのである。

（しかし、理《り》を以《も》って説くには、状況が不利に過ぎる……せめてあの二人が来るまでに、それなりの時が経《た》っていれば、［仮装舞踏会《バル・マスケ》］が無関係、あるいは無関心であることの説得力も出たのだが……いや、それだけでは駄目《だめ》か）

そう、『零時迷子《れいじまいご》』については、関わりがあやふやな［仮装舞踏会《バル・マスケ》］などより、もっと重要な懸案《けんあん》事項が存在する。

他でもない、その宝具《ほうぐ》本来の持ち主だった『約束の二人《エンゲージ・リンク》』である。

現時点では、シャナもアラストールも、『約束の二人《エンゲージ・リンク》』がどうなったのか、どうなっているのかについて、未だにヴィルヘルミナらから聞かされていない。重要な案件であるはずなのに、一体どういうことであろうか。

（妙《みょう》と言えば、なぜその発見以降、どのフレイムヘイズにも漏らされない極秘《ごくひ》事項などになっていた？）

いくらあの〝王〟と〝ミステス〟が通常の範疇《はんちゅう》から外れた、世に害を為《な》さない存在であるとしても、普通ならまずあり得ない処置だった。

（まあ、その件に関しては、明日以降にでも改めて訊《き》き、坂井悠二処断《しょだん》の参考とすれば良いだろうが）

と、アラストールでさえ思っていた。

(戦いでも起これば、あ奴《やつ》の有用性についても、多少は弁護《べんご》でき——まったく、なぜ我がこんなことを)

と憤激《ふんげき》してから、これも全てシャナのため、と気持ちを落ち着ける。実のところ彼は、敵の謀《たばかり》を見抜き、反撃《はんげき》の手管《てくだ》を思いつく悠二《ゆうじ》の才能を、シャナと同等に買っている。そのくせ、

(とにかく現状では、あ奴は間の抜けた、凡愚《ぼんぐ》市井《しせい》の一《いち》存在に過ぎぬ……)

と酷《ひど》い評価を下す。

(夜毎《よごと》の鍛錬《たんれん》において、さらなる刻苦《こっく》の課題を与えねばなるまい)

と酷い試練も課す。

(それに、そう)

ふと、思った。

(そろそろ……求めても、良かろう)

ヴィルヘルミナとティアマトーの到来《とうらい》が、なんらかの踏ん切りとなったものか、彼はいつになく真剣に、『坂井《さかい》悠二という存在』について思いを致していた。

シャナがどれほど強く想っていても、アラストールにとって悠二は所詮《しょせん》〝ミステス〟となった『ただの人間』でしかない。そんな少年を、慣れからくる『愛着』ではない、冷厳《れいげん》極まりない『信用』を持ってよい存在か確かめよう——彼はそう思った。

単なる戦いの経験だけでは足りない。

もっと根本的な、心構えが必要である。

（どう共に生き、どう共に在るか……その覚悟《かくご》を、問い質《ただ》そう）

少女の下手《へた》な鼻歌と、バタ足（というそうだ）の水音をタオル越しに聞きながら、魔神《まじん》は密《ひそ》かに決意する。


夜の十一時を過ぎたことに気付いた悠二は、クーラーを止めると、小さなベランダに続く大窓を開けた。

シャナが来るのを待つ傍《かたわ》ら、部屋に夏の夜風を通すつもりだったのだが、クーラーの人工的な涼気《りょうき》を割って入ってきたのは温《ぬる》い湿《しめ》り気の塊《かたまり》だった。

街灯と屋根の向こうに広がる空は薄曇《うすぐも》りらしく、星は一つも見えない。街灯《まちあか》りの反射が、低い天蓋《てんがい》を灰色に照らし出して、微妙《びみょう》に不穏《ふおん》な気配を漂わせていた。

（今日は遅いな……）

夜の鍛錬は、概《おおむ》ね午後十一時前後から始まる。

場所は、お互い特に決めたわけでもなかったが、概ね封絶《ふうぜつ》を張った屋根の上。

主眼は、将来の自在法《じざいほう》行使を視野に入れた〝存在の力〟の繰《く》りと簡単な実技。

そのついでにシャナも、悠二《ゆうじ》の〝存在の力〟を使って、自分の力を磨いている。

終了の時刻は、彼の体に宿った『零時迷子《れいじまいご》』が発動し、その日《ひ》一日に消耗《しょうもう》した〝存在の力〟を回復させる午前零時。

普段なら、もうやってきてもいい時刻である。

（やっぱり、あの人と積もる話でもしてるのかな？）

思って、ベランダの手すりにもたれかかる。

真下の玄関から右手に視線を流すと、普段とは違うものが、もう一つ見えた。

居間から庭に漏れる灯《あか》りである。

千草《ちぐさ》は専《もっぱ》ら早寝《はやね》早起きを習慣としているが、今日はさすがに特別だった。貫太郎《かんたろう》はどういう事情なのか、赴任先《ふにんさき》から連絡を寄越《よこ》すことはまずないので、いざ帰ってくると夫婦ともにお祭り状態になる。開けっ放しの窓から、灯りとともに漏れ出てくる話し声の端が、楽しげに弾《はず》んでいた。

（よくこんなに長く家を空《あ》けて仲の良さが続くもんだ……いや、だから続くのかな？）

と生意気《なまいき》かつ分かったようなことを思う。

（明日の朝、母さん、起きられないかもな）

自分は絶対に起きないと、シャナが締め出しを食らってしまう、そうだ、念のためにこのベランダの大窓の鍵《かぎ》を開けておこうか、

それなら寝坊《ねぼう》しても、いや、別にするための言い訳じゃなくて、
などと、すっかり当たり前となった、シャナとの毎日を脳裏《のうり》に巡らす少年の前に、

（……ん？）

ひらり、と、

（これは）

風に混じるような、リボンが一条《いちじょう》、

（たしか――）

それが突然、硬質な流れに乗って彼の両手首に巻き付いた。

「うあっ――っ!?」

悠二はベランダの手すりに体をぶつけられる乱暴さで、一気に屋根の上まで放り上げられた。

まるで一本釣《づ》りされた魚のように宙を舞う彼は、眼下に力の脈動を感じる。

その力が弾《はじ》け、坂井《さかい》家を丸ごと飲み込む、鮮やかな桜《さくら》色の炎《ほのお》が湧《わ》き上がった。

爆発でも炎上《えんじょう》でもない。内部をこの世の流れから断絶させ、外部から隠蔽隔離《いんぺいかくり》する、ドーム状の因果《いんが》孤立《こりつ》空間を作り出す自在法《じざいほう》――

（――『封絶《ふうぜつ》』！）

思う間に、ガン、と容赦《ようしゃ》なく屋根の上に落とされる。

「ぐ、がはっ!?」

背中を硬い瓦《かわら》にしたたか打ちつけて、悠二《ゆうじ》は息を詰まらせた。衝撃《しょうげき》に揺れ、瞬《またた》く視界《しかい》一面、坂井《さかい》家の周囲に、桜《さくら》色の炎《ほのお》を混じらせた陽炎《かげろう》の壁が形成されているのが見え——

「う——わっ⁉」

悠二は知らずバランスを崩して、転げ落ちそうになった。間一髪《かんいっぱつ》、屋根に手を這《は》わせてしがみつく。いかに彼が特殊な宝具《ほうぐ》を宿した〝ミステス〟であるとはいえ、身体《しんたい》能力は常人《じょうじん》と変わらない。不用意に落下して首の骨でも折れば、それで終わりだった。

「はあっ、はあっ」

やや斜めに下を向く形でへばりついた悠二は、全身にどっと冷や汗をかいた。そんな目の向く下方、屋根も含む地面各所に、奇怪《きかい》な紋章《もんしょう》が、やはり桜《さくら》色の火線《かせん》によって描かれていた。

背後から、冷徹《れいてつ》な、二人で一人の声が響《ひび》く。

「この程度の存在が……現在『零時迷子《れいじまいご》』を入れている」

「〝ミステス〟」

悠二が体勢を気にしつつ振り向いた先、

屋根の頂《いただき》に、孤影《こえい》ながら二人たるフレイムヘイズが立っていた。

給仕服《きゅうじ》に身を包んだ『万条の仕手《ばんじょうのして》』ヴィルヘルミナ・カルメルである。

陽炎の壁を背負い屹立《きつりつ》する女傑《じょけつ》の姿はあまりに幻想《げんそう》的で、悠二は自分の危機感や戸惑《とまど》い、あるいは怒りや恐怖さえも忘れて数秒、見入らされていた。

もちろん、すぐに覚める。

「なっ、な」

言おうとするが、背中の打撲《だぼく》による痛みと緊張《きんちょう》から、上手《うま》く切り出せない。

「――ふん」

影の中、女性が侮蔑《ぶべつ》の吐息《といき》を漏らしたように見えた。

十人並みの気の強さしか持たない悠二も、この態度にはさすがに少年としての誇りを傷つけられる。痛みへの怒りとともに荒い声を張り上げた。

「いきなり、なにするんだよ！」

しかし、棟《むね》に立つヴィルヘルミナが、ブーツの底を、ゴリ、と削《けず》るように僅《わず》か動かす、それだけで悠二は絶句《ぜっく》させられる。感情の昂《たか》ぶりの程《ほど》が、桁《けた》で違う。それが分かる。

少年の戸惑いを無視して、『万条の仕手《ばんじょうのして》』は声を掛け合う。

「身体《しんたい》機能の強化すら、できないようでありますな」

「無様《ぶざま》」

確認するような、平静な声、
ただし、そう聞こえるだけの、
突《つ》つけば灼熱《しゃくねつ》の溶岩《ようがん》が溢《あふ》れ出す、
そうと分かる、平静な声、だった。

悠二《ゆうじ》は今、〝徒《ともがら》〟相手に何度も抱かされた恐怖を、この女性から同様に得て、心底からの寒さに震えた。まさか今、感じるとは思ってもいなかったそれは、
死の、消滅《しょうめつ》の、恐怖だった。

「……」

「……」

その二人は言ってから、なぜか黙り込む。屋根にへばりついている〝ミステス〟の少年を、直立の中、僅《わず》かに首だけを前に傾けて見下ろす。

陰になったその顔に、より以上の恐怖が凝《こご》ってゆくように、悠二には見えた。

彼にとってあまりに長い、しかし実際にはほんの数秒の沈黙《ちんもく》を経て、二人は平然と告げた。

「鍛錬《たんれん》であります」

「特訓《とっくん》」

「こ、このことをシャナは?」

不用意な少年の質問が、恐怖の凝りを一気に塊《かたまり》へと変えた。

「——シャ、——ナ、——」

ヴィルヘルミナが、ゆっくりと、その不愉快《ふゆかい》な音を、なぞる。

(だめだ)

なにはなくとも、その言葉が思い浮かんだ。歴戦《れきせん》のフレイムヘイズほどではないにせよ、彼

も幾度《いくど》か、生死の線上に踊った経験を持っている。それが、教える。

（彼女は、危険だ）

この素人《しろうと》の怯《おび》えと危機感は当然、伝わっているはずだった。

しかし、ヴィルヘルミナは、突然話題を変える。

「ご存知《ぞんじ》でありますな、『約束の二人《エンゲージ・リンク》』を」

無論、知らないわけがない。

ともに恐るべき使い手として名を馳《は》せた〝紅世《ぐぜ》の王〟と、その恋人である〝ミステス〟。

己《おのれ》の中にある『零時迷子《れいじまいご》』本来の持ち主にして、恐らくは製作者でもある二人。

三百年の放浪《ほうろう》の末、百年あまり前、行方《ゆくえ》を眩《くら》ましたという、謎《なぞ》の存在。

そのことを、なぜ今。

嫌な予感がした。

（どういう、つもりだ……？）

恐怖の塊が眼前にある、その事実に、悠二は体を強張《こわば》らせつつ答える。

「ちょっとした、上辺《うわべ》の情報なら」

「未だ〝天壌《てんじょう》の劫火《ごうか》〟、『炎髪灼眼《えんぱつしゃくがん》の討《う》ち手《て》』にも話していないことでありますが――」

（なんだって……？）

彼女らの意図が、掴《つか》めない。

しかし、嫌な予感がした。

「——二年ほど前、私は一人の〝紅世《ぐぜ》の王〟を追って、中央アジアに向かったのであります」

「〝壊刃《かいじん》〟サブラク」

悠二《ゆうじ》が初めて聞く名前だった。

「いずれの組織にも属さない、殺し屋……『弔詞《ちょうし》の詠《よ》み手《て》』のように、ただ殺す、それゆえに付けられたものとは違う、依頼を受けて標的《ひょうてき》をしとめる、本来の意味における『殺し屋』であります」

「難敵《なんてき》」

ティアマトーの短い声に、僅《わず》かな苦渋《くじゅう》が滲《にじ》んだ。

「中央アジアのとある都市において、その〝壊刃《かいじん》〟と遭遇《そうぐう》した私は敗北し——」

「——え」

悠二が上げかける驚きの声を、

「傾聴《けいちょう》」

ティアマトーの声が制した。

ヴィルヘルミナは、悠二を依然《いぜん》見下ろして、話を継ぐ。

「——そして、救われたのであります」

興味から、嫌な予感を押して聞き入り始めた悠二は、

（救われた？　誰、に……、——まさか）

ようやく話の意味を理解した。

果たしてヴィルヘルミナは言う。

「〝壊刃《かいじん》〟の標的たる者たち、『約束の二人《エンゲージ・リンク》』に」

「ど、どういう」

震える声による問いを中途《ちゅうと》で切るように、答えが返ってくる。

「私は〝壊刃《かいじん》〟を追っていた。〝壊刃《かいじん》〟は『約束の二人《エンゲージ・リンク》』を追っていた。そして〝壊刃《かいじん》〟が二人のために張っていた必殺の罠《わな》に、私が掛かったのであります」

「それで……負け、た？」

ヴィルヘルミナは影を落とした顔を無頓着《むとんちゃく》に頷《うなず》かせる。彼女にとって、自身の敗北は大した恥《はじ》ではないらしい。淡々《たんたん》と、しかしどこかでなにかを膨《ふく》れ上がらせつつ、話を続ける。

「結果として難《なん》を逃れた二人は、救い、い、い、い、出した瀕死の私と力を合わせ、〝壊刃《かいじん》〟を退《しりぞ》けたのであります」

（……そんなことが、あるのか、〝紅世《ぐぜ》の王〟同士……〝壊刃《かいじん》〟と『約束の二人《エンゲージ・リンク》』が戦って、それをフレイムヘイズのカルメルさんが助けて、助けられて、今度は三人で……？）

悠二は複雑怪奇《かいき》な成り行きに、眩暈《めまい》のする思いだった。

「以降、私は執拗《しつよう》に追跡をかけてくる〝壊刃《かいじん》〟から二人を守り、ともに世界を巡っていたのであります」

「……」

悠二《ゆうじ》にとって、真実は驚きの連続だった。

彼も〝屍拾《しかばねひろ》い〟ラミーという実例を知っている。フレイムヘイズと〝徒《ともがら》〟は、利害が一致した場合、必ずしも敵対するわけでない。そう、知っている、知っていて、それでもやはり、世界というものは一枚二枚、想像の上を行くものなのだ、と思わされる。

「しかし――数ヶ月前」

ヴィルヘルミナの影の中に、さらなる感情が渦巻《うずま》く。そこには喜怒哀楽《きどあいらく》、なにもかもがあって、しかし唯《ただ》一つの色に集約されていた。

痛恨《つうこん》、という色に。

悠二が、恐る恐る訊《き》く。

当然のことを……〝ミステス〟たる自分が今ここにあることとの、理由として。

「やら、れた……のか」

「〝壊刃《かいじん》〟の追跡を、我々は遂に撒《ま》けなかった……そして、全てが、あの戦いで……無茶苦茶《むちゃくちゃ》に、なったので、あります」

独白に近いフレイムヘイズの呟《つぶや》きは、ややの間を置いて、続く。

「次に奴《やつ》は、ごく短い期間〝探耽求究《たんたんきゅうきゅう》〟ダンタリオンと組んで動き回っていたようでありますが、知っての通り、この街には現れていないようで――」

「――待ってくれ」

「？」

悠二は、思わず口を挟んでいた。

さっきの話は、肝心《かんじん》な部分が省略されていた。怯《おび》えの中、神経を尖《とが》らせて聞かされた話の締めくくりであるというのに、それではあんまりだ、と思った。

「その〝壊刃《かいじん》〟って奴に、『零時迷子《れいじまいご》』を持った〝ミステス〟が破壊されたんだよな？　もう一人、〝王〟の方は、どうなったんだ？」

不意な問いかけに、鉄面皮《てつめんぴ》の輪郭《りんかく》が僅《わず》かに強張《こわば》った。

「……道を違《たが》えはしましたが……存命《ぞんめい》であります」

「存……生きてる？　でもさっき、〝壊刃《かいじん》〟の目的は果たされたような言い方をしてたよな？」

悠二はなぜか、ひどく焦っていた。全身に、恐怖と熱意を混ぜ合わせた、不気味《ぶきみ》な焦燥《しょうそう》感があった。まるで、今を逃せば永遠にその機会がなくなってしまうかのように、頭に浮かんだ疑問を、片っ端から口にしてゆく。

「じゃあ、標的《ひょうてき》は『零時迷子《れいじまいご》』の〝ミステス〟の方だったってことか？　宝具《ほうぐ》が目的なら、なぜ僕に転移《てんい》したりしたんだ？　その奪取《だっしゅ》に失敗したってことなのか？」

自分の在り様《よう》に関わる全てを知っているかもしれない相手を前に、噛《か》み付くように迫る。不安定な屋根の上であることも忘れ、伏せていた身を起こして。

「その戦いで『零時迷子《れいじまいご》』は一体どうなって、僕の中に転移《てんい》したんだ?」

己《おのれ》の核心《かくしん》たる答えを求める少年に、二人は答えない。貧弱で頼りなげな姿からの異様《いよう》な豹変《ひょうへん》ぶりに、密《ひそ》かに面食《めんく》らってさえいた。

(こいつは……?)

(奇怪《きかい》)

悠二《ゆうじ》は、勢い込んでいても逆上《ぎゃくじょう》はしていない。それどころか、一方的に受けた通告の端々《はしばし》から手がかりを掴《つか》んで、どんどん事態の中心へと近づいてくる。

そういえば、少女からやや自慢げに、この少年に対する評価を聞いていた。危難《きなん》に際して頭が切れる、と。図らずも二人は、それを自分たちの行為で証明してしまっていたらしい。

しかし、それに感心はできない……否、するわけにはいかない。

(断じて)

(即《そく》実行)

これからの行為に対する自分たちへの言い訳をしていただけなのに、この〝ミステス〟の少年に妙《みょう》な感じで食いつかれてしまったことに、後悔《こうかい》を覚える。やはりこういうことは、妙な気を回さず、さっさとかかった方が良いものらしい。それに納得《なっとく》できていれば、そもそも余計《よけい》な話などしていないのだが、そこはあえて無視する。

「いったい『約束の二人《エンゲージ・リンク》』と〝壊刃《かいじん》〟の戦いで、なにがあったんだ?」

「不明であります」

ヴィルヘルミナは、急な即答《そくとう》で強引《ごういん》に会話を断ち切った。

驚いた悠二は、惜しむようにすがるように継続を求める。

「えっ、でも、目の前で見てたんじゃ」

「そんなことよりも、刻限《こくげん》である零時が迫っているのであります。早々に鍛錬《たんれん》を」

「、、、、」

「開始」

もはや、二人に話を続ける気はなかった。

屋根に座り込んでいた悠二の右手首に、再びどこからか伸びた白いリボンが絡まる。

「待っ——」

抗議を口にする間もなく、再び宙に放り上げられた。

「——わあっ!?」

「より確固《かつこ》と自己を意識せよ!」

下方でヴィルヘルミナが怒鳴《どな》る。と同時に、手首に絡まっていたリボンが解《ほど》けた。

「——わああああ!」

数メートルの高さから、一気に硬い屋根へと落下する。指示された内容を実践《じつせん》するどころか、理解する暇《ひま》もない。見る間に屋根が迫り、

「ぐっ、が⁉」

ゴグッ、という重くて嫌な打撃音と共に、自分の体が跳ね上がるのを、次いで転がるのを感じて、悠二《ゆうじ》は焦る。

「う、わああ！」

必死に爪をかけて屋根に踏みとどまろうとするが、跳ねた反動は思ったよりも強い。

（落ち――‼）

なかった。辛《かろ》うじて。運良く、両腕ともに瓦《かわら》の段に引っ掛けられたのである。落ちたときの打撲《だぼく》は、むしろ痺《しび》れていてあまり感じない。代わりに心臓が、胸郭《きょうかく》を内側から破りそうなほどに踊っていた。

「む、ムチャしないでくれよ！」

心臓の鼓動《こどう》を耳にまで鳴らして、悠二は声を上げる。今こうして屋根の端に引っかかることができたのは、単なる運に過ぎなかった。恐らく、本当に落ちそうになったら、あのリボンで助けてくれるのだろうが――

（――っ⁉）

悠二は不意に、背筋《せすじ》に寒気《さむけ》が走って驚いた。

物凄《ものすご》い勢いで、鼓動する胸の内を黒い恐怖が浸食《しんしょく》してゆく。

（本当に、助けてくれるのか……？）

痛む両手の爪先《つまさき》を瓦《かわら》から剝《は》がすと、その何本かに血の湿《しめ》りを感じる。

依然《いぜん》同じ棒立ちの姿で棟《むね》の上にある、彫像《ちょうぞう》のような女性を見上げる。

自分を見下ろす黒い影の中を、封絶《ふうぜつ》の外壁である炎《ほのお》を混ぜた陽炎《かげろう》が時折《ときおり》、照らし出す。

垣間見《かいまみ》える整った容貌《ようぼう》は、しかしあくまで無表情だった。

笑っていない。

怒ってもいない。

ただ、こっちを見下ろしている。

(――いや)

不気味《ぶきみ》な確信が、来た。

「自己の確固《かっこ》たる意識が存在をより強く現し、全ての力の根本となる」

教本《きょうほん》を棒読みするかのような指示がある。

と同時に、見えた。

彼女のフリルつきエプロン、その後ろにある結び目あたりから、まるで鞭《むち》が奔《はし》るように、白いリボンが伸びた。柔らかに伸びる、その純白の一条《いちじょう》は、悠二《ゆうじ》の肩を横から打った。

「うぐあっ!」

柔らかに、見えただけだった。実際は鋼鉄《こうてつ》の棒よりも硬く、かわせるような速さでもない。

ひとたまりもなく宙を、真横に吹っ飛んでいた。二、三度転がって、大の字になることでなんとか止まる。

「はっ――、あっ」

息継ぎとも喘《あえ》ぎともしれない声を漏らす彼に、非情《ひじょう》の声が降りかかった。

「できないのでありますか」

「怠惰《たいだ》」

「そん、な――」

二人は返事を求めていない。今度は寝転《ねころ》がった腹に、恐らく上からの（どこから来たのか全然分からない）打撃をまともに受けた。

「――！」

もう悲鳴も出ない。

胃の内容物を吐き出しそうになって、思わずむせる。咽喉《のど》の奥に溢《あふ》れた嫌な味を、うつ伏せになることで堪《こら》える。なんとか膝《ひざ》を立てようとする、そこにあの感覚がある。

シャナと毎朝、鍛錬《たんれん》していた〝存在の力〟の高まり。

（――くそおっ！）

その現れである新たな一撃《いちげき》が来て、
そして、もちろん、
避けることなどできない。

立てかけた足の臑《すね》を鉄の棒のようなリボンで殴《なぐ》り飛ばされ、顔から屋根に突っ込む。歯が、嫌な音を立てて瓦《かわら》と擦《こす》れ、また唇を切った。

(——あ、っ——)

朦朧《もうろう》とした意識の中で、それでも強く恐怖する。

危険だった。

間違いない。

殺そうとしている。

(——、——)

どうしようもない暴力が、襲《おそ》ってくる。

顎《あご》が震え、肩が震え、腹が震え、腰が震える。

痛みのような痒《かゆ》みのような、恐怖の味が全身に染み渡る。

彼女は、殺すための言い訳を終えようとしている。

その、死刑宣告《せんこく》が、来る。

「この基礎ができていれば、全ての行為は人間を超える」

言葉自体には、なんの意味もなかった。

彼女の内に高まる力が、また自分に向けられる。

想像するまでもなく、なにが起こるか分かった。

(破壊され――殺さ――)
自分の中にある『零時迷子《れいじまいご》』は、沈黙《ちんもく》している。
分かっていた。危機に際してなにか効果があるような宝具ではない。
それが、現実というものだった。
しかし、そんなこと、今はもう、
(――消え――いや、だ――)
思ったところで、止められはしない。
屋根に斃《たお》れ伏した、その頭上から、死の先鞭《せんべん》が、一片の容赦《ようしゃ》もなく奔《はし》る。
(――っ)
死を迎える中、誰かの名前が、
両親か二人の少女か友人たちか、
過《よ》ぎりかけて、
バガン、
「!!」
と素足《すあし》が、
小さくて丸い指も見える、
柔らかそうなその素足が、

目の前の瓦《かわら》を、死もろとも踏み砕いていた。

「つなにしてるのっっ!!」

裏返りかけた怒声《どせい》が、よく知っている少女の声が、迸《ほとばし》った。

ズドン、
と鼻先を削《けず》るような寸前《すんぜん》に、これも見慣れた大太刀《おおだち》の切《き》っ先《さき》が振り落ちてきた。瓦を割った銀光の中に、眩《まばゆ》い紅蓮《ぐれん》が映っている。

半秒遅れて、ハラリ、と視界《しかい》の内に落ちてきたのは、自分に死と消滅《しょうめつ》を与えようとしていた白いリボンだった。それは瓦に接触するや、桜《さくら》色の火《ひ》の粉《こ》となって散り、消える。

ようやく、震えの残る咽喉《のど》から、空気を声にして搾《しぼ》り出す。

「――シャ、ナ」

半分閉じた目に、聳《そび》える黒衣《こくい》『夜笠《よがさ》』が、その上に煌《きらめ》く炎髪《えんぱつ》と灼眼《しやくがん》が、見える。

いつ見ても思う。

こんなときでも、思った。

(――綺麗《きれい》だ――)

悠二《ゆうじ》の声に答えたのは、アラストールだった。

「ふん」

鼻で一息。

それだけだったが、確かな安堵《あんど》の一息だった。

シャナが答えなかったのは、怒りで全身を戦慄《わなな》かせていたためである。

「何を、なさるのでありますか」

「不審《ふしん》」

抜け抜けと答えるヴィルヘルミナとティアマトーに、シャナはその戦慄きをまま、声に変えて差し向ける。

「もう一度、訊《き》く……なにしてたの」

少女の怒りをもちろん、『万条の仕手《ばんじょうのして》』の二人は感じていた。

しかし、動揺《どうよう》してはいなかった。

二人は揃《そろ》って高《たか》をくくっていた。

こ、こ、こんなことは、今までに何度もあった。

平然としていれば、なんの問題もない。

養育係として、本気でそう思っていた。

「この者に、体術における〝存在の力〟の繰《く》りを教示《きょうじ》していただけであります」

「実地《じっち》演習」

ゆえに答えは、とぼける以上に開き直りに近かった。

「ヴィルヘルミナ……」

シャナはそんな二人の嫌な嫌なところを見て、悠二《ゆうじ》に対する仕打ちへのものと同等、あるいはそれ以上に、悲しくなった。

「ヴィルヘルミナなんか……」

悲しくて、あまりに悲しくて、怒りが湧《わ》き上がる。

「?」

訝《いぶか》しむ二人に向けて、シャナは怒鳴《どな》った。

「ヴィルヘルミナなんか、大嫌《だいきら》い!!」

その言葉のあまりな衝撃《しょうげき》に、

「な――」

「え――」

間抜《まぬ》けな声を上げた『万条《ばんじょう》の仕手《して》』は、口を僅《わず》かに開いた表情、やや右後方に傾いた姿勢で固まった。

そんな二人をシャナは完全に無視する。大太刀《おおだち》を、翻《ひるがえ》る黒衣《こくい》の裾《すそ》、なぜか下の方にゆっくりと収める。そうしてから、傍《かたわ》らに転がっていた悠二を向き合う形で軽々と抱き上げた。彼の打《だ》撲《ぼく》で膨《ふく》れた頬《ほお》や血の滲《にじ》む爪先《つまさき》などに気が付いて、ギュッと唇を引き絞《しぼ》る。

「痛っ——痛いよ、シャナ」

「我慢して。飛ぶ」

声の切りとともに紅蓮《ぐれん》の双翼《そうよく》が爆発して、少年を抱いた少女は封絶《ふうぜつ》の外、薄曇《うすぐもり》の夜空へと飛び去った。

——それから数分。

未だ張られた封絶の内に、

「んー？ なにコレ、どーゆー状況？」

「いよー、久しぶりだなあ、『万条《ばんじょう》の仕手《して》』！ ……？」

封絶と戦闘の気配を感じて現れた、もう一人のフレイムヘイズが、まるで自在法《じざいほう》に囚《とら》われた人間のように固まったままのヴィルヘルミナを発見した。

雲の帳《とばり》を目指して、紅蓮の翼《つばさ》が一直線に上昇する。

流れる血も固まるような、痛いほどに猛烈な風が、悠二を叩《たた》いていた。

「シャナ……」

「なに？」

シャナの肩に頬《ほお》を載せ、口中に血の味を感じながら言う。

「いい匂《にお》いがする」

「なに、言って……こんなときに」

言ってから、小さく続ける。

「お風呂《ふろ》、入ってたから」

「温かい、な」

呟《つぶや》くと、悠二《ゆうじ》はようやく恐怖の強張《こわば》りを解き、全てを少女に預ける。

シャナは傷に障《さわ》らない程度に、しかししっかりと強く、少年を抱き締める。

「……なに？」

悠二が呟いていた。

耳を澄まして、夜の風に混じる声を判別する。

「僕、全然、なにも……」

途《と》切《ぎ》れ途切れに、声が漏れ出していた。

「んな、ことされたのに、せっかくあれだけ……すごく、弱いんだな、僕は――」

「当たり前でしょ、たった数ヶ月の鍛錬《たんれん》だけでフレ――」

「シャナ」

アラストールが、声を切らせた。

「……？」

やがてシャナは、自分の肩に頬を押し付けた少年が、震えているのに気が付いた。

「くそ、――っ、なんで、こんな……弱いん、だ……」

「悠、二？」

「くそっ――くそ――、く、そう――、――」

「……」

声は次第に小さく絞《しぼ》られてゆき、やがて必死に堪《こら》える、唸《うな》り声になった。

「う――うう、う」

肩に伏せた彼の顔から、飛翔《ひしょう》に取り残された涙の雫《しずく》がポロポロと落ちていく。血の滲《にじ》んだ指先が、少女の黒衣《こくい》を強く掴《つか》む。まるで力を、渇望《かつぼう》するように。

「ぐ――、う、ううう、うう――」

シャナは、抱いた少年から零《こぼ》れる涙に驚き、漏れる嗚咽《おえつ》に戸惑《とまど》う。

「……」

締め付けられるよりも強く、貫《つらぬ》かれるよりも激しく、その胸に痛みを覚える。しかし、それを収める方法を、知っていた。教えてもらっていた。

「……いいよ」

この、少年に。

「いいよ、泣いても……だから」

今度は、自分がそうできることの、なんという喜びと、切なさ。

自分の前にあって震え、むせび泣く少年が、たまらなく愛《いと》しい。

ともにあるのが当然のように、それで一つ形のように、少年を強く抱く。

「もっと強く」

いつかと同じ言葉を、少年の耳元で小さく呟《つぶや》く。

いつか言葉が積もって、少年を大きく育てるようにと。

「もっと、強くなって」

紅蓮《ぐれん》の双翼《そうよく》が、心に応えて大きく咆《ほ》え、三人は雲上に出た。

小さな、三人にして二人の影を浮かび上がらせるそこは、月光満《み》つ雲海《うんかい》。

シャナは、自分と向き合うように抱えた少年に訊《き》く。

「悠二《ゆうじ》、寒くない？」

「うん……シャナの、方こそ」

少し落ち着いたのか、悠二はハッキリした声で答えた。今見せた自分の無様《ぶざま》さが恥ずかしい
らしく、顔を合わせようとしない。

「わ、私はいいの。フレイムヘイズなんだから」

シャナも、変な言い訳で適当に答えた。さっきの、いつもなら考えられないほどに突っ走った言動、その気分の高まりを強いて忘れようとする。

「便利なんだな」

悠二は少女の肩に頬《ほお》を載せたまま、しばらく煌々《こうこう》の広野を感嘆《かんたん》とともに眺《なが》めた。やがて、小さく、遠慮《えんりょ》がちに言う。

「なん、というか……その」

「うん」

「ごめん、いろいろ」

「いい」

シャナは一言で、それ以上の謝罪を封じた。

「ふん」

その二人に挟まれた格好《かっこう》のアラストールが、鼻を鳴らした。今度は、今の二人とさっきの状況の双方に対する、不機嫌《ふきげん》な色で。

「いささか、読み違えたようだな。まさか〝夢幻《むげん》の冠帯《かんたい》〟と『万条《ばんじょう》の仕手《して》』が、あそこまで強攻策を採るとは」

「……大嫌《だいきら》い、ヴィルヘルミナなんて」

シャナは嫌悪《けんお》ではない悲しみの声を、もう一度繰り返した。

悠二《ゆうじ》も安直な追従《ついしょう》からの同意を避け、考える。

（あの二人の、あの行為は、シャナにくっついた……僕っていう悪い虫を追い払う、それだけだったんだろうか？）

どうも、そんなに単純なものとは思えなかった。柔らかくて安心できる、小さな肩の上で溜《ため》息《いき》を吐《つ》き、自分が叩《たた》きのめされる直前の会話を振り返る。

（そういえば、結局答えてくれなかったな、『約束の二人《エンゲージ・リンク》』の顛末《てんまつ》……シャナやアラストールにも話してないって言ってたけど、やっぱり黙ってた方がいいんだろうか？）

自分を殺しかけた相手であっても、その真剣な気持ちを思うと、やはり。

（――『全てが、あの戦いで……無茶苦茶《むちゃくちゃ》に、なったので、あります』――）

なにか意味があって、黙っているのかもしれない。誰のなんにとって有利になるのかが全く分からない話である。迂闊《うかつ》に口にするのは憚《はばか》られた。

（そうだな、あの人がシャナと仲直りしたら、改めて話を聞いてみよう）

「もう、こんな目に遭《あ》わされるのは、ゴメンだし……」

「痛い？」

気遣《きづか》うシャナに振り向こうとするが、お互いの顔が近すぎる。

シャナもそれに気付いたのか、ぷいと顔を反対側に背《そむ》けた。

その仕草《しぐさ》があんまり可愛《かわい》くて、悠二は痛みの中、思わず笑っていた。

「そりゃあ、ね……この怪我《けが》、零時《れいじ》に治るのかな」

「シャナ、窮屈《きゅうくつ》だ」

アラストールが発言を求める前振《まえふ》りとして、声をかける。

「うん」

シャナは答えて、軽く悠二を放り上げた。

「うわおっ!?」

空中でジタバタする悠二が何度か回ってから、シャナは笑って、しかしふわりと優しく受け止める。横抱《よこが》かえ、いわゆるお姫様抱《ひめだ》っこの形だった。男としては非常に格好《かっこう》悪いが、彼我《ひが》の力量を考えれば、妥当な形ではある。お互いの顔も適度に離れて話しやすい。

ただ、

「どうしたの、悠二」

今度は悠二が顔を背けていた。

「いや、その……はは、そ、そうだな、お風呂《ふろ》、入ってたんだっけ」

あらぬ方向を見ている頬《ほお》が、冴《さ》えた月光の中、真っ赤になっている。

「え？」

シャナには、彼がなにを言っているのかよく分から——

「──あっ！」

分かった。

「み、見た、なに、なに見たのか言いなさいよ！」

悠二《ゆうじ》に負けず、真っ赤になってお姫様抱《ひめだ》っこのままギリギリと器用《きよう》に体を締め上げる。

「いだだだだ！　見てない見てない見てない！」

封絶《ふうぜつ》発生の気配を感じて急遽《きゅうきょ》──文字通りに──飛んで来た彼女は、コートのような黒衣《こくい》、それ一枚きりしか着ていなかったのである。投げた拍子に、それに気付かれてしまったらしい。

厳《きび》しく問い詰める。

「じゃあなんでそっぽ向いたのよ!!」

「見てない見てないいだだだ、いやちょっとだけ足が、それ以外いだだだだ、死、死ぬ、実は胸元、上から、ちょっとだけだだだだ、死ぬって!?」

「うるさいうるさいうるさいうるさいうるさいうるさい！」

別の理由、締め上げられることで真っ赤になる悠二の様《さま》に、ようやく罰を与え終わったと判断したらしいアラストールが声をかける。

「もうよかろう、シャナ」

「うー」

まだ不足とばかり、シャナは涙目《なみだめ》で唸《うな》り、しかしとりあえず力を緩めた。なんとか窮地《きゅうち》を脱

ぎゅううう

した悠二《ゆうじ》も、ぜえぜえと荒い息を吐いてぐったりする。

そんな二人への苦笑《くしょう》を混ぜつつ、アラストールは瀕死《ひんし》の少年に、遅い回答を与えた。

「怪我《けが》は、恐らく零時《れいじ》になれば治ろう」

きつく襟《えり》を合わせた黒衣《こくい》の胸元、月光に照り映えるペンダント〝コキュートス〟が、強い口《くち》調《よう》で釘《くぎ》を刺す。

「だが、それだけのことだ。一日の内に破壊されるか否かは、偏《ひとえ》に貴様《きさま》自身の力にかかっている。ゆめゆめ油断《ゆだん》するな。現状では、シャナに要《い》らぬ手間をかけさせるばかりだからな」

シャナは、ぷいとそっぽを向いた先で小さく誓う。

「別に、守ったげるのは、いいけど」

「……ありがと」

苦笑と息継《いきつ》ぎを混ぜて、悠二はできるだけ軽く聞こえるよう答える。その陰で密《ひそ》かに、

(本当に、情《なさ》けないな、僕は)

と思う。厳然《げんぜん》たる力の差への諦《あきら》めや拗《す》ねでは、もうない。ただ、ひたすらに、いつかは、という悔《くや》しさと渇望《かつぼう》を、胸中で燃やす。痛いほどに、苦しいほどに。

と、そのとき、彼のポケットの中でアラームが鳴った。

「零時だ……よく壊れなかったな」

常なら鍛錬《たんれん》の終わりを告げるその音は今日、雲海《うんかい》の浮遊《ふゆう》を終える合図となる。

（こういう夜を、僕は何度、越えられるんだろう）

思う彼の身の内に、唐突《とうとつ》に力が溢《あふ》れた。

「来た」

「……どう？」

「うん」

心配げなシャナに、悠二はことさら強く頷《うなず》いて見せる。

頬《ほお》、指先、背中……アラストールの言ったとおり、ヴィルヘルミナにボロボロにされた体は、すっかり回復していた。ほとんど初めて、自分の蔵《ぞう》する宝具の有難味《ありがたみ》を実感する。

「治った」

「当然だ」

アラストールが短く返した。

シャナも少しだけ笑って、これからの話をする。

「明日からはもう、好きにさせないから。ヴィルヘルミナたちが反省するまで、付きっ切りで守ったげる」

保護者の一人に対して偉そうに物を言う、その得意げなシャナに同意しようとして、悠二はハタと気付いた。

（……明日から？）

「どうしたの?」

「なんだ」

二人に訊《き》かれて、悠二《ゆうじ》は高空の中に脂汗《あぶらあせ》をかく。

「い、いや、その……」

悠二の回復に満足げなシャナは、笑って答える。

「なに?」

「怒らないで、聞いて欲しいん、だけど」

「うん」

「……明日、僕は、吉田《よしだ》さんとファンシーパークに、その、出かけるらしい、ですよ……?」

悠二は、なぜか笑顔のままのシャナに、仁王《におう》の憤怒《ふんぬ》する様《さま》を連想《れんそう》した。

「ふうん、そう」

あくまで笑顔のまま、シャナは抱えていた悠二を、落とした。

「ッ────……………」

判別つかない言い訳を残しながら、悠二は雲の底へと落ちていった。


一人の少年がまっ逆さまに御崎《みさき》市の地表へと特攻《とっこう》している頃、

吉田家の台所では、エプロン姿の吉田一美《かずみ》が、明日のための準備を余念《よねん》なく行っていた。鼻歌《はなうた》を歌いながら、片付けと準備、双方を手際《てぎわ》よくこなす。彼女の後ろ、テーブルの上には、材料や浸《つ》け置きの容器などが所狭《ところせま》しと並べられている。

その台所のドアを開けて、

「あれ、姉ちゃん。夏休みだってのに、また弁当?」

パジャマを着た中学生くらいの少年が入ってきた。

吉田と顔立ちは似ているが、目は少々釣《つ》り上がり気味で、仕草《しぐさ》も素早い。

さっそくその素早さで伸ばされる手を吉田は叩《たた》いて、

「健《けん》！　それは摘《つま》んじゃ駄目《だめ》」

お姉さんらしく、上から睨《にら》むように弟・健を叱《しか》りつける。実際は背丈も近いので、あくまで、ように、としかならないのだが。

「ケチケチすんなよー、こんだけあんだからいいじゃん」

健はブー垂れつつも、もう一切れ、浸け置きの肉をヒョイと搔《か》っ攫《さら》う。鈍い姉の美味《おい》しい献立《こんだて》を勝手に味見するのは、いつものことだった。

吉田も、呆《あき》れながら、そのふてぶてしい摘み食いを咎《とが》めない。生意気《なまいき》ではしっこい弟にしてやられてしまうのは、いつものことだった。

「もう……一個ずつだからね」

「はーいはい。にしても、『写真の兄ちゃん』も大変だ。毎度これじゃ太っちゃうよなー。男は胸に贅肉《ぜいにく》いかないんだからさ」

吉田《よしだ》が真っ赤になって叱《しか》る。

「健《けん》！」

「おやすみー！」

懲《こ》りずに最後の一切れを摘《つま》むと、健は逃げていった。

ちなみに『写真の兄ちゃん』とは、言うまでもなく坂井《さかい》悠二《ゆうじ》のことである。一度、部屋に辞書を借りに来た際、写真立てに入れていた彼の写真を見られてしまったのである。それ以来、吉田は弟から写真、写真とからかわれている。

もっとも、健は悠二のことを『姉の彼氏《かれし》』と見做《みな》し、からかっているので、吉田の方も密かにそれを許す、以上に楽しんでさえいたのだが。

恋する少女は、『写真の彼』と過ごす明日に期待し、また鼻歌《はなうた》とともに台所を跳ねる。

「明日……晴れるといいな」

とある少年が高空からの落着《らくちゃく》寸前《すんぜん》に受け止められ、軽い鞭打《むちう》ちにかかった頃、御崎市《みさきし》東部、旧《きゅう》住宅地の一角にある佐藤《さとう》家の豪邸《ごうてい》は、急な来客を迎えていた。

「マージョリーさん、あの人いったい誰……どちらさんですか？」

長い板張りの廊下を行く佐藤啓作《けいさく》が、前を歩く長身の女性に訊《き》いた。

簡素《かんそ》なシャツ・ドレスを翻《ひるがえ》して行く、その妙齢《みようれい》の美女は、フレイムへイズ屈指《くつし》の殺し屋として知られる『弔詞《ちようし》の詠《よ》み手《て》』マージョリー・ドーである。

「フレイムへイズよ。言ってたでしょ、後始末《あとしまつ》の人員を呼んだって」

伊達眼鏡《だてめがね》と栗《くり》色の長髪を特徴とする麗容《れいよう》が、しかし無愛想《ぶあいそう》に答えた。彼女は現在、大邸宅《だいていたく》の多い旧《きゆう》住宅地でも特に立派《りつぱ》な構えを持つ、この佐藤家に居《い》候《そうろう》している。

佐藤は、いわば家主筋《すじ》にあたるが、同時に彼女の子分を自認《じにん》してもいる。親分に対する慇懃《いんぎん》な口調で、

「へえ、あの人も……でも、なんでいきなりコレなんです？」

と自分が抱えているものを見て言った。

氷を満載《まんさい》した、小さなバケツほどもあるアイスペール。マージョリーが片手に持つつまみを山盛りにした大皿ともども、佐藤家の厨房《ちゆうぼう》から持ち出したものである。

佐藤家に招かれたその女性は、幾《いく》つもある応接室ではなく、いきなり室内バーの方に通されたのだった。

「再会の乾杯《かんぱい》、って言うには、なんか、あの人……」

お祭り騒ぎの大好きな佐藤は、人のテンションに敏感《びんかん》である。

さっき佐藤《さとう》家の玄関で出くわした、その女性の第一印象《いんしょう》は、妙《みょう》に無愛想《ぶあいそう》な人、だった。

ただそれは、マージョリーのように、持てる力の余裕《よゆう》から人を突っぱねる傲慢《ごうまん》さ（佐藤は少年として、こういう格好《かっこう》よいところに憧れる）とは違う……抜《ぬ》け殻《がら》になったため他人への応対もロクにできないという、ひどい落胆《らくたん》の姿だった。

（まあ、いきなり玄関にメイドさんが現れたりするもんだから、こっちもリアクションに困ったんだけどさー）

なにか冗談《じょうだん》でも言って場を和《なご》ませるべきだったかな、と彼がトンチキな後悔《こうかい》をする間に、室内バーに着いた。

マージョリーは、そのドアを軽く開けると振り向き、空《あ》いた方の手を差し出す。

「ほら」

示すところはアイスペールの譲渡《じょうと》だった。

「え、あれ？」

当然のように酒宴《しゅえん》に混じることができると思っていた佐藤は驚いた。

マージョリーはふざけるでもなく、事実を告げる風に言う。

「こっからは、お子様お断り。酒場ってのは、溜《た》め込むものを持った大人《おとな》だけの天国なの」

「つーか、腹のモノぶち撒《ま》ける地獄《じごく》だ、ヒャッヒャッヒャ！」

彼女の右肩から掛け紐《ひも》でぶら下がるドでかい本が、軽薄《けいはく》な声で笑った。神器《じんぎ》〝グリモア〟に意志を表出《ひょうしゅつ》させる〝紅世《ぐぜ》の王〟、『弔詞《ちょうし》の詠《よ》み手《て》』に異能《いのう》の力を与える〝蹂躙《じゅうりん》の爪牙《そうが》〟マルコシアスである。

請《こ》われて宿借《やどか》る居候《いそうろう》のマージョリーは、全く遠慮《えんりょ》をしない。露骨《ろこつ》に子供扱いされて不満げな少年から、ひょいとアイスペールを取り上げた。

「いーから今日はもう寝なさい。明日の朝、〝ミステス〟の坊やの家に『万条《ばんじょう》の仕手《して》』がこっちにいるって連絡するの、忘れないでね」

佐藤啓作《けいさく》は悠二《ゆうじ》のクラスメイトで、日常の面では特に親しい友人、非日常の面では互いにフレイムヘイズと関わっている者同士《どうし》である。ヴィルヘルミナと繋《つな》がりの深いシャナの方に直接連絡しないのは、彼が平井《ひらい》家の電話番号を知らなかったためだった。

「はい……」

がっかりする少年を見かねて、情《じょう》に厚い〝紅世《ぐぜ》の王〟が言い聞かせる。

「しょげるなよ、ケーサク。俺たちゃなにも偉ぶってるわけじゃねえんだ。ただ、大人ってなあ、飲んでるところを見られたくねえのさ、ヒヒ」

「私は違うわよ」

「おめーは別の意味で見せられねブッ!?」

マージョリーがアイスペールを持った腕の肘《ひじ》で、器用《きよう》に〝グリモア〟を小突《こづ》いた。その動作のついでにクルリと回れ右して、佐藤に背を向ける。

「んーじゃ、おやすみ」

「安き眠りを、ケーサク」

「……っ、あ」

佐藤《さとう》が返事する前に、マージョリーは扉の中に滑り込んでいた。悄然《しょうぜん》と立ち去る少年の気配を背に、こっちも溜息《ためいき》を吐《つ》く。

「はあ……」

「ヒーッヒヒヒヒ、まったく、あっちもこっちも応対に忙しいこったな、我が懇切《こんせつ》なる世話人、マージョリー・ドー？」

「ホント。最近、こーゆーことばっかやってる気がするわ」

相棒《あいぼう》の同情に苦笑《くしょう》で答え、両手の荷物も軽々と、もう一人の方に向かう。

（ま、私が呼びよせた責任ってのもあるしね……）

早くも自分の決断を後悔《こうかい》する彼女だった。

佐藤家にある室内バーは、広い部屋の一角に本式のカウンターと酒棚《バック・バー》を備える、豪華《ごうか》なものである。後になって改築したためか、室内に水場《みずば》こそないが、グラスにバー・ツールに冷蔵庫等《など》、飲む分だけなら、足りないものはバーテンダーだけという状態だった。

ランタン型の淡い照明の下、そのバーテンダーのいないカウンターに突《つ》っ伏《ぷ》すような姿勢で、一人の女性が酒を飲んでいた。

見間違《みまちが》えようもない給仕服《きゅうじ》。

フレイムヘイズ『万条《ばんじょう》の仕手《して》』ヴィルヘルミナ・カルメルである。

突っ伏す肩の線に力もない、典型的な自棄酒《やけざけ》の姿である。

(駄目《だめ》だ、こりゃ)

マージョリーは自分の役回りへの抗議として、再び溜息を吐いた。そうして、今日はいつものカウンター席ではなく、足りないバーテンダーの位置、カウンターの中に入る。

「ほら、つまみ持ってきたわよ」

「……」

返事もなく突っ伏す女性の傍《かたわ》らに、アイスペールとつまみの大皿、ついでのように〝グリモア〟も載せる。そこから、互いにしか通じない声で文句が来た。

(我が非情《ひじょう》なる相棒《あいぼう》、マージョリー・ドー、下に隠《かく》してくれねえのか)

(あんただけ逃げようったってそうはいかないわよ)

フレイムヘイズ屈指《くっし》の殺し屋にも、恐い情景というものがある。

目の前の、ワインの空《あ》き瓶《びん》なども、その一つだった。辛口《からくち》のサペラヴィばかり、しかもコルクを抜かず、ビンの首を鋭利《えいり》に切り落としてある。三本あって、その全てが空《から》だった。

カウンターに伸びた手の先、脚《あし》を持つのでなく掌《てのひら》で包んでしまっているワイングラスに、傾いた赤い水面が透《す》けて見える。

マージョリーは頭をガシガシ掻《か》いて、その前に頬杖《ほおづえ》を着いた。広がった髪の内に伏せられた同業者の顔を覗《のぞ》き込んで、いきなり言う。

「話しなさいよ」

「……」

返事は、やはりない。

しかし構わず、マージョリーは続ける。

「さすがの私も、子持ちの気持ちは分かんないわよ。自分から言ってくれないと。愚痴《ぐち》、言いに来たんでしょ」

「……」

来ない答えを数秒待ってから、マルコシアスが言う。

「子持ちの相談にゃ山ほど乗ってきただろ?」

「まーね。それにしたって、ダンマリ決め込まれたら、顔覗くしかやることないじゃない」

「……た、で……す」

マージョリーの言った語尾《ごび》に紛《まぎ》らすように、伏せた下から、僅《わず》かに声が零《こぼ》れた。

二人は黙って、次の声を待つ。

ヴィルヘルミナの両掌《てのひら》が力を失って、ワイングラスが下にずれた。僅かに身を起こして、揺れる赤い、紅《あか》い水面を、見つめる。

「……醜《みにく》い、私は、すごく……勝手で……」

酔うと蒼白《そうはく》になる質《たち》であるその容貌《ようぼう》は、いっそ凄艶《せいえん》でさえあった。

「分かっ、てる……だからこそ、なのに……分かって、欲しいのに……」

マルコシアスは、グダグダで要領《ようりょう》を得ない『万条《ばんじょう》の仕手《して》』ではなく、彼女と契約する〝紅世《ぐぜ》の王〟に訊《き》く。

「よお、〝夢幻《むげん》の冠帯《かんたい》〟、なんのことか説明……は、無理か」

言う途中で諦《あきら》めた。

端的《たんてき》な単語でしか話さないティアマトーは、その意志を表出《ひょうしゅつ》させるヘッドドレスをピクリとも動かさず、それでも短く一言だけ答える。

「反抗面罵《はんこうめんば》」

「炎髪灼眼《えんぱつしゃくがん》の嬢《じょう》ちゃんに、ひでえこと言われたってか？」

「一大衝撃《いちだいしょうげき》」

「ふうん、あのチビジャリが、ね」

マージョリーは、干戈《かんか》を交えたことさえあるフレイムヘイズ『炎髪灼眼《えんぱつしゃくがん》の討《う》ち手《て》』、その在り様《さま》を脳裏《のうり》に思い浮かべる。故《ゆえ》なく反抗するとも思えない……いっそ嫌味《いやみ》なまでに、使命を生真面目《きまじめ》に捉《とら》え、また果たす少女だった。

（可能性があるとすれば……）

自分が呼んだ理由しかない、と呆れる。

「ったく、到着したのは昨日でしょ？　あれほどデリケートな問題はないってのに、もう手ぇ付けて……というより」

「手ぇ出したな？　ははぁ、そーりゃ嬢ちゃんもおカンムリになるわけだ」

同じ推測をしたマルコシアスが、同じく呆《あき》れの声で受けた。

「――――！」

バシ、とワイングラスにヒビが走る。

血の滲《にじ》むように、握る指の隙間《すきま》からワインが染み出してゆく。

そんな図星《ずぼし》の姿にマージョリーは頬杖《ほおづえ》を止め、傍《かたわ》らの布巾《ふきん》を取ってやる。

「あんたたち、やっぱ育ての親と子供だわ。単刀直入《たんとうちょくにゅう》すぎるトコなんかそっくり」

「……そっく、り」

布巾を受け取ったヴィルヘルミナは微笑《ほほえ》みの気配を浮かべ、しかしすぐにそれを崩した。前に立つ女性に見られまいと、掌《てのひら》で顔を隠《かく》す。

「……でも、大嫌《だいきら》い……大嫌い、と……どうしよう……」

あのときのショックを思い出して、肩が震え始めた。

そんな、フレイムヘイズの体面《たいめん》を保とうとする哀《あわ》れな姿に、マージョリーは簡単に言う。

「とりあえず、その鉄面皮《てつめんぴ》を外して泣いてみたら？」

「……え……」

「いいもんよ？　たまにはこうでなければって仮面外《はず》してみるってのも」

言いつつ、自分用に後ろの酒棚《バック・バー》から一本、適当にウイスキーの瓶《びん》を取る。

「フレイムヘイズってのは、その気と力があればゴリ押しで突き進めるから、多少の悩みとか苦しみなんて無視できるでしょ？　なくなったわけじゃないのに、中身は人間そのままだってのに、そいつらはどんどん奥底で溜《た》まって、凝《こ》り固まってく」

彼女は、永き流浪《るろう》の中で何度か訪れた、切迫《せっぱく》感と殺戮衝動《さつりくしょうどう》の塊《かたまり》となった時期に、心に、思いを馳《は》せる。その症状が最も重かったのは、ごく最近で……

「ふん」

ついでに蘇《よみがえ》った不愉快《ふゆかい》な記憶《きおく》を、鼻息《はないき》で消し去る。そのついでとして瓶の首を、摑《つか》んだ片手の親指、その捻《ひね》りだけで吹き飛ばした。

「とにかく、そーゆーのをたまには吐き出さなきゃやってらんない、ってこと。スッキリしたら、いい考えも浮かぶでしょ」

「ヒーッヒヒヒ、グダグダ悩んだ挙句《あげく》、死にかけるような戦いをして、やーっと気付けた教訓《きょうくん》か、我が神妙《しんみょう》なる哲学者、マージョリー・ドブッ!?」

相棒《あいぼう》を、〝グリモア〟に平手《ひらて》を一撃《いちげき》することで黙らせた。

言われたヴィルヘルミナは、思う。

（いい、考え……）

「アンタ、チビジャリと外面だけはそっくりだからね……まだワインはいる？」

「いえ……」

言葉に僅《わず》かな嬉《うれ》しさを得、答えは即座《そくざ》に出している。

（そんなもの、あるわけがない……）

頑固《がんこ》に、あくまで頑固に、決めている。

（ないから、やるしかない……）

貰《もら》った布巾《ふきん》で、ワインに濡《ぬ》れた手を拭《ふ》き始めた。

（嫌われても、私は、あくまで、やる……）

ゆっくりと掌《てのひら》を、指を拭いていく、その上に、ポツリと雫《しずく》が落ちる。

（私たちのフレイムヘイズを……守る、ために……）

それでも構わず彼女は、手を拭き続ける。

「……――」

雫がさらに一粒《つぶ》、二粒と落ちてきたので、布巾を顔に当てた。隠《かく》すように、その雫の元、両の瞳に当てる。自分の愚《おろ》かしさが、少女に与えるだろう悲しさが、嫌われるだろう辛《つら》さが、とうとう限界を超えて襲《おそ》ってきた。

「――う……う」

彼女は、子供のようにクシャクシャになる顔を布巾《ふきん》で隠《かく》し、自分にできる精一杯《せいいっぱい》の嗚咽《おえつ》を漏らし始めた。

「う……ふう、うう〰〰……」

マージョリーは首を捻《ね》じ切った瓶《びん》を小さく掲げ、

「ほいじゃま、こっちも乾杯《かんぱい》。他人事《ひとごと》に」

「美女の涙と少女の怒りに、だろ」

ガブリと乱暴にウイスキーを呷《あお》る。

薄く淡い照明の下、ヴィルヘルミナは身を震わせて泣き続けた。

4　抗《あら》う子供たち

悠二《ゆうじ》とシャナが封絶《ふうぜつ》の解けた坂井家《さかいけ》におっかなびっくり戻り、夜通しの警戒《けいかい》を経て迎えた翌朝《よくあさ》は、冗談《じょうだん》のような快晴だった。

その強い陽の光が差し込む自室《じしつ》で、

「坂井悠二《ゆうじ》。貴様《きさま》にこのようなことを語るのは、いささか以上に癪《しゃく》だが――」

悠二は微妙《びみょう》な緊張《きんちょう》の元、アラストールと話していた。早朝鍛錬《たんれん》後の、ボロボロヨレヨレのジャージ姿である。

悠二の部屋に泊まったシャナ（当然、悠二はベッドを彼女に譲《ゆず》り、自身は床で毛布に包《くる》まって寝た）は、いつもの時間に玄関へと回って千草《ちぐさ》に挨拶《あいさつ》し、庭で悠二を厳《きび》しくしごき、今はその後の入浴中である。

「――ヴィルヘルミナ・カルメルを許してやれ」

「えっ？」

床に正座する自分（なんとなくそういう姿勢になってしまう）の前、ベッドの上に置かれたペンダント〝コキュートス〟からの意外《いがい》な声に、悠二《ゆうじ》は少し驚いた。

「あれは、全てにおいて情《じょう》の深い女なのだ」

と言われても、悠二はピンと来ない。

「情の、深い？　そうは見えないけど」

冷静沈着《ちんちゃく》にして冷酷非情《れいこくひじょう》、フレイムヘイズの使命に従って自分を始末《しまつ》しようとしたことといい、シャナを育てた師匠《ししょう》の一人という想像通りの人物にしか見えない。

「見えにくいだけだ」

アラストールは、そんな少年の浅い見識と鑑定眼《かんていがん》を叱《しか》った。この少年には、もっと深くなってもらわねば困る。

「実際に取る行動が、使命と重なっているがために起きる錯覚《さっかく》に過ぎん」

「錯覚……だとしても、フレイムヘイズは普通、復讐《ふくしゅう》者なんだろう？」

どこが違うのか分からない、という抜けた顔に、

（全く、なぜにこのような奴《やつ》を……いや、こ奴が普段から切れ者としての面《つら》を表していれば、なんの問題もないのだ）

と心中《しんちゅう》、シャナにではなく、あくまで悠二に責任を被《かぶ》せつつ、辛抱《しんぼう》強く説明する。

「フレイムヘイズにも、さまざまな人間がいるのだ。ヴィルヘルミナ・カルメルは、使命を果たすことを、自身の激しい感情によって誓っている。だが、その理由が、他とは異なるのだ」

「情が深くて、使命の理由が違う……？ 自分の復讐《ふくしゅう》じゃないとしたら……他の人のため、ってこと、なのか？」

今度は満足のいく回答だったが、もちろんそれを声色《こわいろ》には出さない。

「そうだ。あれは、己《おのれ》の怒りという単純で容易な衝動《しょうどう》からではなく、他者との交わり、繋《つな》がりの中で使命の遂行《すいこう》を誓い、抱いた心を守り続けようとしているのだ」

「そう、か」

言われて、悠二は、なんとなく納得《なっとく》できたような気がした。

あの、文字通りの死地《しち》だった封絶《ふうぜつ》の中で、自分を殺そうとしていたヴィルヘルミナ・カルメル。彼女の顔に落ちた陰の内に滾《たぎ》っていたもの、その中から語られた言葉、全てが他者への想いだった。シャナ、アラストール、『約束の二人《エンゲージ・リンク》』……まだ、他にいるかもしれない。彼女が心を捧げて誓った、誰かが。

「ゆえに、あれは容易には曲がらぬ」

アラストールの言葉に、悠二は自然に頷《うなず》いていた。

「我は志《こころざし》で、あれは情で、シャナを育ててきた。『完全なるフレイムヘイズ』は、あれにとって他者への誓いの姿、そのものなのだ」

「それを……変えられたと思ったのかな」

考えて、ふと訊《き》いてみる。

「シャナは、あの人のそんなところを、知ってるのか？」

「いや、明確に理解はしていまい。我も、進んで教えるつもりはない。どちらにも……辛《つら》かろうからな」

「いいのかな、それで」

アラストールはしばらく黙って、答えを搾《しぼ》り出した。

「それを告げたところで、納得《なっとく》できる質《たち》のものでもあるまい。互いに、こうして暮らす内に気付いて、許してゆければよいのだが」

「シャナはともかく、カルメルさんは、そんなに悠長《ゆうちょう》な人かな」

実際に襲《おそ》われたばかりの悠二《ゆうじ》が抱く当然の危惧《きぐ》に、しかしアラストールは保証も回答も与えず、ただ現状を解説するに留める。

「さてな。今度はいささか、己《おのれ》が育てたという自負《じふ》も過ぎたようだが……次にどう出るかまでは量《はか》りようもない」

「自分が大切に育ててきたシャナに反発されたってのは……ショックだったろうな」

その同情する風な声を、アラストールは意外《いがい》に思った。

「怒っては、おらぬのか？」

「許してやれ、って言ったのはアラストールの方だろ」

悠二は、その質問こそ意外と答える。

「そりゃ、殺されそうになったんだから、恐いには決まってるよ。けど、今ここから生き延びるためには、僕が彼女のことを理解して、彼女にも僕を理解してもらう、それしかないと思うんだ」

「……ふむ」

フレイムヘイズに近い、現実主義者としての考え方が板についてきた、そのことに密《ひそ》かに満足するアラストールである。

「どう言えばいいのかな……カルメルさんは、僕に向き合って詰《なじ》ってたときも、僕を消そうと力を振るってたときも、すごく辛《つら》そうに見えたんだ。シャナにどれだけの望みをかけてたか、聞いてるだけでも痛いくらいに分かってさ」

悠二は一旦《いったん》言葉を切り、少女のための怒りを口にする。

「でも、納得もいかなかった。それはあの人の都合《つごう》であって、シャナの生き方は、シャナ自身が決めるべきだと思う。シャナが怒ったのは、あの人がそれを、力で押し付けようとしたってところもあるんじゃないかな」

（ふむ、いいだろう）

アラストールは絶対に口にはしない合格点を心中《しんちゅう》で出した。代わりに、

「シャナも、そう思っていよう」

などと他人にかこつけて同意する。

悠二《ゆうじ》はそれを分かってか分からずか、困った半分、嬉《うれ》しさ半分に笑った。

と、そこに、階下からシャナが声をかけた。

「悠二——、お風呂《ふろ》空《あ》いたよ——？」

「うん、すぐ降りるよ——！」

腰を上げて答える悠二に、アラストールは話を終える意味も込めて念を押す。

「シャナには言うな」

「分かってる。でも……」

「？」

悠二はベッドから〝コキュートス〟を取ると、それを目の前にやって口を尖《とが》らせた。

「なんだかずるくない？　僕にばっかり、シャナのそういうことに当たらせてさ」

「ふん、言うようになったものだ。なにもかも貴様《きさま》の播《ま》いた種《たね》、シャナを困らせ心《こころ》乱《みだ》させている張本人《ちょうほんにん》なのだから、全ては自業自得《じごうじとく》というものだ」

責められて、しかし悠二は笑った。

アラストールの声が、隠《かく》しようもなく笑っていたからである。

それから数時間後、悠二は佐藤《さとう》からの電話を安堵《あんど》とともに受け取っていた。

彼は今朝《けさ》から、微妙《びみよう》にイチャイチャしている貫太郎《かんだろう》と千草《ちぐさ》、微妙にイライラしているシャナに囲まれて、非常に居心地《いごこち》が悪い居間に座らされていた。せっかく父が帰っているのだから、と部屋にも帰れない空気の中、ひたすら耐えていたのである。

早く吉田一美《よしだかずみ》と出かける時間よ来い、でもそのときシャナがどんな反応を見せるか、そもそも自分はカルメルさんに命を狙われている、なのにこういう呑気《のんき》な真似《まね》をしていていいのか、とはいえ昨日は断れる状況じゃなかった、カルメルさんがその内なに食わぬ顔で現れるかも、などなど、思考《しこう》の堂々巡《どうどうめぐ》りに逃げ道を作って、朝から見るでもないテレビを呆然《ぼうぜん》と見ていた。

そこにかかってきた佐藤からの電話を、悠二は文字通り一息吐《つ》くように受け取って、しかしすぐ切ってしまった。向こうから伝えられる用件が、大したものではなかったからである。まさか長電話してくれとも言えない。体裁《ていさい》を気にした躊躇《ちゆうちよ》の間に、あっさり電話は切られた。

悠二が居間に帰ってくると、読んでいた分厚い本から顔を上げたシャナが、

「なに？」

と訊《き》いてきた。佐藤からの電話というのは滅多《めった》にない。とすれば、まずその家に居《い》候《そうろう》しているフレイムヘイズ、『弔詞の詠み手《ちようしのよみて》』マージョリー・ドーの関係する話に決まっていた。

さっきから食卓の上に開いた本（漏れ聞いたところでは、家のリフォームとかなんとか）の内容を説明している千草、静かな相槌《あいづち》を打つ貫太郎らにも配慮《はいりよ》した形で答える。

「やっぱり、マージョリーさんとこに泊まってたよ。夜遅くまで飲んでたらしくて、今は酔い

潰《つぶ》れて寝てるってさ」

「そう」

シャナはほっとした様子《ようす》で、貫太郎《かんたろう》の書斎《しょさい》から持ち出したものらしい本を閉じた。さっきから頁《ページ》が進んでいなかったことを悠二《ゆうじ》は知っているが、もちろん指摘《してき》はしない。

「とりあえず、大丈夫みたいだね」

悠二は当然、自分の存在は当面《とうめん》安全である、という意味で言ったのだが、

「……そうみたいね」

シャナは当然、吉田一美《かずみ》とのデートに支障《ししょう》がない、という意味に取った。

そして悠二には、そんな少女の気持ちが分かってしまったりするのだった。腹の底に氷の杭《くい》を打ち込まれたような寒気《さむけ》を覚える悠二に、

「シャナちゃん、カルメルさんとケンカでもしたの？」

と千草《ちぐさ》が状況を知らぬまま、助け舟を出した。

「えっ、あ、だって……」

シャナは、不意を突かれて言葉に詰まった。それでもなんとか、最低限の言葉で自分の意見を表明する。

「……ヴィルヘルミナが、悪い」

千草は昨日のこともあって、その状況をなんとなく察する。察して、確認する。

「ちゃんと話し合ったの？」

「そ、それは……でも」

確かに、話し合ってはいない。しかし、断固《だんこ》たる行動でヴィルヘルミナは示し、自分も一言で返した。今さら話は、やりにくい。

しかし千草は、ヴィルヘルミナのために、シャナへの譲歩《じょうほ》を迫る。

「駄目《だめ》よ。せっかく久しぶりに会えたんでしょ。お互いに納得《なっとく》いかないことがあるなら、キチンと本音をぶつけ合わないと」

「でも、きっと許してくれない」

僅《わず》かに頬《ほお》を膨《ふく》らませて駄々《だだ》をこねるシャナに、

「シャナさん」

今度は本を閉じた貫太郎が向き直る。

「きっと、という言葉は、そういう風に使ってはいけない。使うなら、そう――」

「いっ、きっと、許してくれる――ね？」

千草が続けて、にっこり笑った。

二人に笑いかけられて、シャナは素直に頷《うなず》く。

「……うん」

ただの言葉遊びのはずなのに、拗《す》ねていた自分がひどくみっともなく思えてしまう。

（どうしてこの人たちが言うと、世の中がスッキリするんだろう？）

とシャナは不思議《ふしぎ》に思った。こういうところが、息子《むすこ》の方に僅《わず》かでもあれば、と少し恨《うら》めしげに傍《かたわ》らを見て比較する。

「……な、なに？」

ジトッとした目で睨《にら》まれて、悠二《ゆうじ》は上擦《うわず》った声を返した。

「別に」

鼻でフンと（〝コキュートス〟の中の誰かとともに）小《こ》馬鹿にして、そっぽを向いた。

それを隙《すき》と見たのか、

「あ、もうこんな時間だ」

悠二は時間をわざとらしく確認して立った。そっぽを向いた先でムッとなるシャナを置いて、居間から駆け足で出てゆく。

「じゃ、そろそろ、いってきまーす」

千草《ちぐさ》が見送りと諸注意のためついていく。

「吉田《よしだ》さんに、昨日のお詫《わ》び、改めてしておいてね。せっかくのデートなんだから、ちゃんと楽しんでくれてるか、気を遣《つか》ってあげなさい。ハンカチとちり紙は――」

「分かってるって、小学生じゃないんだから！」

居間に残って、悠二のうるさげな声と扉の閉まる音に聞き耳を立てていたシャナは、僅かに口を尖《とが》らせ、胸中で叫ぶ。

（悠二の馬鹿《ばか》、馬鹿馬鹿馬鹿馬鹿）

部屋に戻ってきた千草は、

「まあ」

まだそっぽを向いたままでいる少女を見つけて、困ったような笑みを漏らす。

シャナは背《そむ》けた顔を真っ赤に染めて、できるだけ冷静を装って訊《き》き、

「吉田一美《かずみ》……昨日、来てたの？」

「ええ。一緒にお昼ご飯を食べたの」

「……」

そして、膨《ふく》れっ面《つら》を見せたくなくなって、体ごと後ろを向いた。

（千草は、分かってるくせに）

と思いつつも恨めない。

自分でも、分かっているから。

怒る前に、自分で悠二をふん捕まえてしまえばいいだけなのだ。そうするために決断するのは自分自身で、そこは決して他人の助けや後押しを得られない部分なのだ。

（分かってる、けど……）

たった一言、こう言えばいいだけ。

「悠二《ゆうじ》、吉田《よしだ》一美《かずみ》なんかより、私とここにいて」

しかし、言えない。理由はいろいろあるようにも、たった一つであるようにも思えた。

と、不意に、貫太郎《かんたろう》が声をかけた。

「シャナさん、今日はお暇《ひま》かな?」


恐る恐る、佐藤啓作《さとうけいさく》はドアをノックした。

さっき、電話の前にどうなったかを確かめに来てから二度目である。

「……マルコシアス?」

「あいあいよー」

ドアのすぐ中から、小さく声がした。

「まだ二人とも寝てんのかな? そろそろ爺《じい》さんたち来るから、カルメルさんの分も朝と昼の飯、作らせるかどうか訊《き》きたいんだけど」

爺さんたち、というのは佐藤家のハウスキーパーらのことである。佐藤はこの大きな屋敷《やしき》に元々《もともと》一人で住んでおり、家の雑務《ざつむ》は昼勤の彼らに任せていた。

「あー、朝は二人とも無理だろ。『万条の仕手《ばんじょうのして》』はカウンターで伸びてやがるし、我がふしだらな泥酔《でいすい》者、マージョリー・ドーは、ソファでいつもの如《ごと》しだ、ヒッヒ」

「そうか……ふう」

なぜか溜息《ためいき》を吐《つ》いた佐藤に、暇《ひま》を持て余す〝紅世《ぐぜ》の王〟は、からかい半分で訊いてみた。

「どーしたケーサク、美女二人の寝《ね》乱《みだ》れた様子《ようす》でも覗《のぞ》きたかったか？」

「ち、違──っ!?」

心情的には割と図星《ずぼし》ではあったが、とりあえず溜息の理由ではない。ドアにもたれかかって本音をぼやく。

「……さっき、坂井《さかい》に電話しただろ？　そしたらあいつ、今日はファンシーパーク……大戸《おおど》の遊園地だけどさ、そこにデートに行くんだってさ。ちょっといいなー、とか思ったわけ」

「キーッヒッヒッヒ、そりゃ大変だ。炎髪灼眼《えんぱつしやくがん》の嬢《じよう》ちゃんが、不機嫌《ふきげん》の腹いせに殴《なぐ》り込んでくるかもしれねーな」

「はは、それならそれで楽しいかも」

他愛《たあい》もない会話をドア越しに続ける二人は、気付かなかった。

坂井に、と聴いた瞬間、カウンターに突《つ》っ伏《ぷ》していた肩がピクリと動いたのを。

とある〝紅世《ぐぜ》の王〟との戦いで散々《さんざん》に破壊された御崎市《みさきし》駅の前には、未だに多くの重機《じゆうき》・建《けん》機《き》が常駐《じようちゆう》している。駅前大通りが歩行者天国となっていることと合わせて、駅前のバスターミナルは狭く、また混んでいた。

ここで待ち合わせした悠二《ゆうじ》と吉田《よしだ》は、予定よりやや遅れて、ファンシーパーク行きのバスに乗り込んだ。

御崎市《みさきし》駅は複数の路線を連絡している大きな駅だが、今は使用不能である。夏休みであってもバスの乗客はそれほど多くはないだろう……と二人は油断《ゆだん》していたのだが、実際に行ってみると、停留場《ていりゅうじょう》は人員整理のロープが差し渡されるほどの人だかりだった。

ようやく発車した、派手《はで》な赤いシャトルバスの中は、クーラーの涼しさに一息吐《つ》くカップルや、大声で騒がしい子供を叱《しか》る親子連れ、今からお土産《みやげ》のぬいぐるみをなんにするかで揉《も》めている女の子の一団など、まるで音と人いきれの坩堝《るつぼ》だった。

そこに混じって吊り革に摑《つか》まる悠二は、すぐ前、幸いにも確保できた空《あ》き席に座らせた吉田に声をかける。

「大丈夫、疲れなかった？」

大げさに気遣《きづか》う悠二に、吉田はクスリと笑って答える。

「まだ着いてもいませんよ。大丈夫です」

今日の彼女は、落ち着いた色合いのブラウスとプリーツスカートという装い。座った膝《ひざ》の上には大きなバスケットとショルダーバッグ、白いリボンをひと巻きした麦藁帽子《むぎわらぼうし》がある。

「大きいね。もしかして、全部お弁当？」

もはや悠二にとって、吉田が弁当を用意してきてくれるのは当然のこととなっていた（その代わりに彼は、いつものお返しも含め、今日は中での全てを自分が奢《おご》ろうと気張っている）。

果たして椅子《いす》に行儀《ぎょうぎ》よく座る少女は嬉《うれ》しそうに頷《うなず》く。

「はい。暑くても大丈夫そうなのを、たくさん作ってきました」

こういうなんでもない、ごく普通の、しかしだからこそ大切な『恋人同士の会話』を交わせることに、吉田は至上《しじょう》の喜びを覚えていた。

彼女は、悠二の境《きょう》遇《ぐう》を知っている。

二度と人間に戻ることはない——たまたま『零時迷子《れいじまいご》』を身の内に宿したがために意志と存在感を残している——本物の坂井《さかい》悠二の残り滓《かす》——いつかこの街を去ってしまう——そんな〝ミステス〟坂井悠二の境遇を。

それら全てを知って、しかし彼女は告白した。

自分は、今ある坂井悠二が、好きなのだ、と。

彼女にとって、このデートや普段の触れ合いは、思い出作りなどという呑気《のんき》で諦《あきら》めのいいものではない。今、抱いている気持ちを必死に彼にぶつける、その表れだった。

少し前までは、彼のような境遇を持つ人物をこういうことに誘っていいものか悩んだりしていたが、それも、とある女性の助言によって吹っ切っていた。

自分の心、坂井悠二を好きだという、今持っている気持ちに、正直になると。

消えてしまういつかが来るかもしれないのなら、なおさら大切に、この今を。

その悠二《ゆうじ》が、窓を覗《のぞ》くために腰を折って、吉田《よしだ》に言った。

「あれかな、ビルの間に光ってる塔《とう》の先が見えたよ」

その距離の近さに一瞬ドキリとした吉田は、誤魔化《ごまか》すように彼と視線を同じくした。

「え、ど、どこでしょう」

「えーと、どう言えばいいのかな……あ、ほらまん前」

「あっ本当！　やっぱりあの水晶《すいしょう》の塔《とう》、すごく目立ちますね」

「山手《やまのて》だから、建っている場所自体《じたい》が高いのかも」

ふと悠二は、遠くを見て喜ぶ吉田の笑顔を、嬉《うれ》しさと切なさの中で見た。

ほんの数ヶ月前なら、この光景をどれほどに喜べただろう——一時間後の未来さえ思い煩《わずら》わず、嬉しさを享受《きょうじゅ》できただろう——自分が人間でありさえすれば。

そしてもちろん、そうではない。

体の中にあるもの、

自分が死んだという最悪の認識を齎《もたら》した、

それでも生きていける力を与えてくれる、

一人の少女と出会い、知り合う機会をくれた、

そして、人知《じんち》の及ばぬ敵に狙われる理由たる、

宝具……『零時迷子《れいじまいご》』。

なにもかも、全てが全く思い通りに行かないこと、どうしようもなくなったからこそ、見出せるもの、知らなければ、平穏《へいおん》に暮らすか、死んでいたこと、不幸と幸福が表裏《ひょうり》一体だと気付かせてくれたもの、ふと気付けば、なにを喜んでいいのか、なにを悲しんでいいのか、こんがらがって分からない日々と世界の中に、放り込まれていた。

そんな、決して知るべきではない日々の中に、目の前の少女は自ら飛び込んできてくれた。好きだといってくれた。その包んでくれる優しさに引かれて、今《いま》一緒にいる。

そして、

もう一人の少女は、放り込まれたときから、ずっと以前から、その過酷《かこく》な戦場に在った。強烈な憧れとなって常に自分を惹《ひ》き付け、後に続かせられ、吸い寄せられる。

(……好き、か)

吉田が告白してくれた気持ちを、嬉しいと思う。

シャナが憧れの中から歩み寄ってくれたことも。

ただ、

そこまでなのである。

（僕は……どう、思っているんだろう）

二人に対して、好きか嫌いかしか言えないのだとしたら、当然好きに決まっている。

だが、愛情が分からない。

感じているのかいないのか。

（そもそも、ハッキリした答えはあるものなんだろうか）

中途半端《ちゅうとはんぱ》なまま、お互いに引っ張り回されている、これが理由だった。

誰も、答えを与えてくれない。自分で見つけるには、あまりに難解《なんかい》だった。あるいは簡単なのかもしれないが、気付くことができない。答えはどこまでも茫漠《ぼうばく》としている。

それに、今の自分が置かれた微妙《びみょう》極まりない立場から、自分が愛情以外の要素で決定的な選択をしてしまうことへの恐れもあった。

吉田《よしだ》一美《かずみ》に、留まりたい今の生活、学校や友達、両親や家。

シャナに、避け得ず来る旅立ち、戦いや流離《さすらい》、未知の世界。

彼女らの気持ち、自分の気持ちに、それらへの願望や打算《ださん》を混ぜて、小汚《こぎたな》く計ってはいないか……向けられる気持ちのあまりな真摯《しんし》さから、そんなことを考えさせられる。

（真剣に、できるだけ真剣に、答えたいんだ）

ガタン、とバスが揺れて沈思《ちんし》から覚める。

ふと、笑みが零《こぼ》れた。

（こんなときに、ホント呑気《のんき》だよな……それに、臆病《おくびょう》、なのかも）

「あっ、看板が。もう一キロ！」

喜ぶ少女に、悠二《ゆうじ》はその笑みのまま答える。

「意外《いがい》に近かったね」

どこまでも嘘《うそ》のない、しかし答えを持っていない笑顔で。

大戸《おおど》ファンシーパークの全景は、緩い裾《すその》野の造成地《ぞうせいち》を連結した『大きな段々《だんだん》畑』である。

そこには稲穂《いなほ》の代わりに、大きな水晶《すいしょう》を頂く不細工《ぶさいく》な複合施設『シンボルタワー』を中心とした、アトラクションとパビリオン、レストランや各種店舗《てんぽ》などの施設が、所狭《ところせま》しと賑《にぎ》やかに軒《のき》を連ねている。

もっとも、敷地そのものは大して広くない。これは、元々がしがない地方博覧会《はくらんかい》のパビリオンを移設した山上《さんじょう》公園だったためである。簡単に潰《つぶ》せない上に維持費だけはやたらとかかるこれらの施設を、なんとか有効《ゆうこう》活用できないか……市当局から県までが頭を捻《ひね》った苦心《くしん》の結果が、このレジャー施設化というわけだった。

いざ開園すると、その地味《じみ》なパビリオン（花の常設展や土器《どき》の博物館）よりも、周囲のアトラクションに客は集まったが、遊園地としての評価は概《おおむ》ね高く、県外からも客を呼べる貴重《きちょう》な市の財源《ざいげん》となった。企画者としては、まずもって成功といってよい結果であろう。

そんな企画者らの成功の大きな要因、設計時には無駄《むだ》としか思えなかった、やたらと広い駐車場とバスターミナルに、悠二と吉田《よしだ》は降り立った。

悠二は降り場から一直線に続く正面ゲートまでの歩道を見回して言う。

「へえ、けっこう綺麗《きれい》だね」

普通は出店《でみせ》などがあるはずのそこは、看板と幟《のぼり》、大きな分別用《ぶんべつよう》ゴミ箱しか置かれていないため、非常にスッキリしているように思えた。

「吉田さんは、来たことがあるの？」

悠二は再び吉田からバスケットを受け取る。彼女の美味《おい》しい弁当と引き換えなら、この程度は安い駄賃《だちん》だった。

「はい、二度ほど両親や弟と」

「へえ。じゃあ、迷わなくても済むかな」

「はい、任せてください！」

張り切って叫ぶ吉田と並んで、悠二は人ごみの中を歩いていった。

シャナは、しつこくアラストールに説明――という名の言い訳――した言葉を、心の中で繰り返していた。

(悠二《ゆうじ》に近ければ近いほど、ヴィルヘルミナが襲撃《しゅうげき》をかけてきた際の即応《そくおう》性が高くなる)

降り立ったファンシーパークのバスターミナルで、(もちろん千草《ちぐさ》がかねてより用意していた)キュロットスーツを見せびらかすように大きく伸びをする。

「ん――――!」

ポニーテールにした髪も、気分が変わっていい感じである。

彼女の姿は今、なぜかファンシーパークにあった。

悠二が出かけた直後、貫太郎《かんたろう》と千草に、

「今日はお暇《ひま》かな? 実はこれから、私たちもデートに出かけようと思っているんだが」

「一緒に来ない? なんなら、シャナちゃんの好きな所に連れてってあげてもいいわよ」

と誘われたのである。

実のところ、シャナはその一日をどう過ごすかについて迷っていた。

悠二のことなど知ったことではない、勝手にすればいい、と思っていた。といって放置しておくのも、フレイムヘイズとしては手抜《てぬ》かりであるような気がした。

どこに行くか、と訊《き》かれて、パン屋やフルーツパーラー、ドーナツ屋などなど(食べ物関連の場所ばかりなのは、彼女の行動範囲《はんい》が他にないからである)を思い描いたが、結局、

(――「明日、僕は、吉田《よしだ》さんと、ファンシーパークに」――)

なにより強い気持ちを、声に出していた。

「……ファンシーパーク」

「えっ、あの大戸《おおど》の遊園地？」

千草は、世知《せち》に疎《うと》いはずの少女が持ち出した意外《いがい》な提案に、僅《わず》かな驚きを示した。

逆に、彼女を誘った当人である貫太郎は、微妙《びみょう》に視線を宙にやって、少し笑った。

「だめ……？」

僅かに不安げな顔をした可愛《かわい》い少女に、千草は首を振って見せる。

「いいわよ。シャナちゃんが行きたいんなら。ねえ、貫太郎さん？」

「ああ、調べてあるよ。すぐにでも出かけられる」

いつものように万全《ばんぜん》な夫に頷《うなず》くと、千草はむしろこれを待っていたのか、シャナの手を引いて立った。

「え、千草……？」

「さ、そうと決まればシャナちゃんもおめかししなきゃ」

そんな遣《や》り取りから一時間余《よ》、
シャナは貫太郎、千草らとともに、この地にやってきたのだった。

(悠二に近ければ近いほど、ヴィルヘルミナが襲撃《しゅうげき》をかけてきた際の即応性《そくおう》が高くなる)

と、また念じる。

その後ろ、バスから降りた千草《ちぐさ》が、伸びをした少女に、楽しく弾《はず》んだ声をかける。

「窮屈《きゅうくつ》だった？」

彼女は珍しいスーツドレス姿で、僅《わず》かに化粧もしていた。久々のデートということで、めかしこんでいるらしい。

「すまないね。生憎《あいにく》とレンタカーというのは縁起《えんぎ》が悪くて、プライベートでは極力《きょくりょく》使わないようにしてるんだ」

変な言い訳とともに貫太郎《かんたろう》が続いて降りてきた。こっちはさすがにコートこそ着ていなかったが、味も素《そ》っ気《け》もないグレーのスーツはそのままである。千草は、彼に合わせて自分とシャナの服をコーディネートしたようだった。

二人に言われたシャナは、もちろん不機嫌《ふきげん》なわけではない。その反対だった。

「全然《ぜんぜん》大丈夫」

ポニーテールの感触《かんしょく》を楽しむように首を振り、今度は逆に、少しすまなそうな面《おも》持ちで二人に尋《たず》ねる。

「でも、いいの？　私の行きたいところ、優先して……せっかく貫太郎、帰ってきてるのに。千草、もっと他に、行きたいところはなかった？」

今さらな少女の確認に、坂井《さかい》夫婦は、顔を見合わせて笑った。

「デートというのは楽しむものだ。そして私は今、とても楽しいよ」

「そうそう、余計《よけい》な気を回さなくてもいいの。私は、貫太郎さんが一緒なら、どこでも楽しいんだから。シャナちゃんがいればもっと、ね？」

さあ、と貫太郎と千草が、それぞれ左右から手を差し伸べた。

「……ん」

シャナは照れつつも、二つの手を取った。なんとなく嬉《うれ》しくて歩が弾む。

三人は、どこからどう見ても、行楽《こうらく》に来た普通の親子連れだった。

「こうしてると、悠二《ゆうじ》の小さい頃を思い出すな」

と貫太郎が言えば、

「貫太郎さん、すぐ持ち上げたり振り回したりするから、悠ちゃん、よく泣いてたわね」

と千草が返す。

「もっと回してやっていれば、体も鍛《きた》えられてたかもしれないな」

「駄目《だめ》駄目。ごくたまにしか帰ってこないのにそんなことしてたら、懐《なつ》かないどころか逃げ回るようになってましたよ」

特別、何がどうという話でもないのに、

「ふふ」

シャナは嬉しくて、楽しくて、温かかった。

来る途中までは、悠二《ゆうじ》のことをどうしよう、とゴチャゴチャいろんなことを考えていたが、到着した今では、そんなことはどうでもよくなりつつあった。

悠二《ゆうじ》と一緒にパン屋を巡ったときのように、千草《ちぐさ》と一緒にお祭りを回ったときのように、今日も好きな人と変わった場所で知らないものを見る、その楽しみに胸がいっぱいになっていた。

「『デート』って、楽しいね」

少女の無垢《むく》な感想に、二人はまた揃《そろ》って笑う。

(楽しもう)

とシャナは呑気《のんき》に思う。別に使命を忘れたわけではない。悠二の近くにいさえすれば問題ない、と思っていた。彼女なりに妥当と思える理由がある。

(今日はヴィルヘルミナ、お酒に酔って寝てるらしいし)

酒というのは、なんだかよく分からないが、今朝《けさ》、貫太郎《かんたろう》に聞いたところでは、

「美味《おい》しくて気持ちよくなる薬だが、飲みすぎると毒に変わる飲み物だよ」

というもので、要するにアルコールを含有《がんゆう》した特殊な飲料であるらしい。気持ちよいのに油断《ゆだん》して、よく量を誤るという。

シャナは冷静なヴィルヘルミナらしくない失敗だと思った。しかし、もう大丈夫、彼女は危険ではないだろう、と踏んでいたのは、彼女が酔い潰《つぶ》れたと聞いたからではない。貫太郎の説明から、

(そんな気持ちのいいものを飲んだんだから、少しは機嫌《きげん》も直ってるよね)

と、酒というものの性質を完全に勘違《かんちが》いしていたからだった。話し合って仲直りする機会はすぐに来る、と思っていた。

シャナはやはり、ヴィルヘルミナの本気に気づいていなかった。

入ってすぐにあった売店（外では設営《せつえい》が許されないため、中で営業しているらしい）でソフトクリームを買った悠二と吉田《よしだ》は、それを舐《な》めつつ、入り口前の広場に聳《そび》える、巨大な案内看《かん》板《ばん》の前に立った。

初めて来た悠二には、なにが良くて悪いのか、というより感覚的にどう歩けばいいのかの見《けん》当《とう》がさっぱりつかない。大雑把《おおざっぱ》にパビリオン、乗り物、絶叫《ぜっきょう》マシーン、公園、レストラン、土《み》産《やげ》物店、と分けてから、隣《となり》に尋《たず》ねる。

「吉田さんは絶叫マシーンとか苦手《にがて》？」

「……は、はい、すいません」

早々に楽しいデートに蹴躓《けつまず》いたと思って、吉田は小さくなった。

悠二は笑って言う。

「違う違う、二人で行って楽しい所を選ぼうってこと。なんなら吉田さんの言うとおりに回ってもいいよ。もう遠慮《えんりょ》はしないでね」

最後に付け加えたのは、今舐《な》めているソフトクリームを奢《おご》る際に散々《さんざん》押し問答をして、やっと吉田《よしだ》に今日遊ぶ分全《すべ》て奢ることを同意させたばかりだからである。

「は、はい……それじゃ、選んでいいですか？」

まだ躊躇《ためら》いがちに訊《き》く少女に、明るく請《う》け負う。

「うん。なんといっても、今日は吉田さんに誘ってもらったんだから。真ん中にある塔《とう》でもカートでも、なんならメリーゴーラウンドとかコーヒーカップでも、好きなのに付き合うよ」

というわけで、

悠二《ゆうじ》は自分の発言に責任を取り、本当にメリーゴーラウンドの馬車に、吉田と並んで乗る羽目《はめ》となった。

街の死角《しかく》は、ビルの谷間や裏道《うらみち》だけではない。

上にも、存在する。

建ち並ぶビルの屋上は、下からは見えず、また見上げる者もない。遠くから見咎《みとが》められることも稀《まれ》で、仮に目に留まっても、鳥の飛翔《ひしょう》、あるいは単に錯覚《さっかく》と思われるのが常だった。

今まさに、その死角を一人の女性が跳《は》ね、跳《と》んでいた（同時刻、ソファから床に転げ落ちて目を覚ましたマージョリーは、来客が帰ったことを相棒《あいぼう》によって知らされている）。

厚い靴底《くつぞこ》を持つ編上げブーツが、屋上のコンクリに罅《ひび》を入れ、階下の人間に衝撃《しょうげき》を与える。その力は上昇と前進によって消え、また新たな踏み切り台が、風の中近付いてくる。それをまた蹴《け》って、跳躍《ちょうやく》、前進。

(見えた)

(視認《しにん》)

寝ぼけた頭に佐藤《さとう》の声を聞き、位置を地図で確認してから時も僅《わず》か、もはや目的地は眼前にあった。ビルの向こう、山の裾《すそ》野に広がるレジャー施設。

大戸《おおど》ファンシーパーク。

彼女は、あくまで〝ミステス〟坂井《さかい》悠二を破壊するつもりでいた。

鍛錬《たんれん》を装っていたため少女による介入《かいにゅう》を招いた、昨夜のようなヘマは、もうしない。

今日は、問答《もんどう》無用で破壊する。

(ただ……)

(検知《けんち》)

彼女らにとって甚《はなは》だ都合《つごう》の悪いことに、フレイムヘイズの気配が同方向に存在していた。どうやら、『炎髪灼眼《えんぱつしゃくがん》の討《う》ち手《て》』が、〝ミステス〟の護衛《ごえい》についているらしい。そのことを、二人は不愉快《ふゆかい》に思う。そこまで少女に想われている〝ミステス〟に対する怒りが、倍増《ばいぞう》する。

(断じて)

（破壊）

しかし、容易に近づくわけにはいかない。もし、少女に出くわしたら……迷いはないが、悲しくなる。悲しくなって、動けなくなる。なんとしても、少女をかわしたい。

（なんとか、隠密裏《おんみつり》に）

（隠蔽《いんぺい》）

跳躍《ちょうやく》して空にある彼女のエプロン、その後ろ腰の結び目から無数の白いリボンが伸び、まるで包帯《ほうたい》でぐるぐる巻きにするかのように、彼女の体を覆《おお》い尽くしてゆく。数秒の内に、その姿は完成していた。

真っ白なコートかジャンプスーツのような衣を纏《まと》った巨体である。

これは、気配を隠《かく》す自在法《じざいほう》を幾重《いくえ》にも重ねた、『万条の仕手《ばんじょうして》』特有の技である。力の消費が激しく、長時間使うことはできないが、当面の隠蔽さえできれば問題はない。

新たに大きくなった足でビルの屋上を蹴《け》る。

（しかし、あるいはこちらに有利やも知れぬのであります）

（偽装《ぎそう》）

行く先は、遊園地である。この大柄《おおがら》な白装束《しろしょうぞく》という奇異《きい》な格好《かっこう》でも白昼堂々《どうどう》、人ごみや着ぐるみに混じって歩き回ることができる。

（断じて）

（破壊）

白い巨体で華麗《かれい》に宙を舞う『万条の仕手《ばんじょうのして》』は、遊園地の中に飛び込んだ。

悠二《ゆうじ》は、迫る危機に全く鈍感だった。

「このパビリオン、大きいけど何があるの？」

遊園地の外れに並んで蹲《うずくま》る、四角と球の建築物を見上げて言う。

四角い方は全面ガラス張りで、中には緑と花らしきとりどりの色、血管のように張り巡らされた水道管などが見えた。もう片方は体育館ほどの大きさの、黒ずんだ丸いドームで、骨組みが薄っすら浮かぶ安っぽいつくりをしている。

両方とも、開館されているはずなのに人気《ひとけ》がない。他のアトラクションにはある派手《はで》な看板も見えず、受付のカーテンまで閉まって、出入りの管理すら投げやりな様子《ようす》だった。

「ガラス張りの方が蘭《らん》を集めた植物園で、ドームの方は土器《どき》の博物館だったと思います」

吉田《よしだ》が、家族で来たときの記憶《きおく》を頼りに説明した。

悠二は感心しつつ首を傾《かし》げる。

「へえ。なんでこんな所に土器？」

「さあ……？」

二人は、大抵《たいてい》の来園者がそうであるように、このファンシーパークの成立過程《かてい》、本来はこのパビリオンこそが本当の出し物であることを知らない。普通に目で見たまま、寂《さび》れているという感想を抱く。

「どうりで人がいないわけだ」

「他に面白い場所、いっぱいありますし」

悠二《ゆうじ》の鋭敏《えいびん》な感覚は、精神を集中緊張《きんちょう》させていればこそのものだった。

「あ、林だと思ったら売店か。凝《こ》ってるなあ」

危難《きなん》においてはフレイムヘイズ以上に働く洞察《どうさつ》力も、この程度である。

「抹茶《まっちゃ》アイスが名物らしいですよ」

「お茶の木にしては大きすぎるな」

悠二は笑い、吉田《よしだ》も笑う。

彼、坂井《さかい》悠二こと『零時迷子《れいじまいご》』の〝ミステス〟は、フレイムヘイズの気配と敵意がいきなり消えたこと、どころか、接近しつつあったことにさえ、気づいていなかった。

気づいたのは、もう一人のフレイムヘイズの方である。

シャナは買ってもらったばかりのポップコーンを地面に落とした。

「アラストール……!?」

「……」

迂闊《うかつ》にも返答を求めた契約者に、魔神《まじん》は答えない。

ヴィルヘルミナのものだろう、近付いてきた気配が、いきなり消えた。

一昨日《おととい》の夜に使っていた自在法《じざいほう》に違いなかった。

それが一体、なにを意味しているのか。

答えは、明白だった。

(どうして？)

シャナには、ヴィルヘルミナがこうまで悠二に……悠二の破壊に拘《こだわ》る理由が、全く分からなかった。

「シャナちゃん？」

傍《かたわ》らにあった千草《ちぐさ》は、急に自分を見上げた少女の形相《ぎょうそう》に驚いた。

顔色が蒼白《そうはく》になっただけでなく、異様《いよう》なまでの緊張が全身にある。

「どうしたの？　どこか痛いの？」

千草は慌《あわ》てて少女の額《ひたい》に手を当て、肩を支えるように軽く掴《つか》んだ。

その掌《てのひら》が、気持ちが、温かければ温かいほどに、喪失《そうしつ》の恐怖は増す。

ポツリとシャナは呟《つぶや》く。

「ヴィルヘルミナが来た」

「えっ、どこに？」

千草《ちぐさ》は辺りを見回すが、もちろんその姿はない。

「ごめん——悠二《ゆうじ》は、きっと守るから！」

「シャナちゃん!?」

温かさを振り払って、シャナは駆け出した。

呆然《ぼうぜん》と見送る千草の前に、ジュースを両手に一つずつ持った貫太郎《かんたろう》が立った。シャナの駆け去った方を見て、不思議《ふしぎ》そうな顔をする。

「どうしたんだい、シャナさんは」

千草は穏《おだ》やかな、しかし真剣な質問で返す。

「悠《ゆう》ちゃんも、ここに来てるのね？」

「ああ。昨日、吉田《よしだ》さんがそのチケットを持ってるのを見たよ」

当然のように貫太郎は答えた。

「シャナちゃん、なにか困ったこと、あったみたい」

「……ふむ」

キーワードを聞いた貫太郎は、宙を一瞬見やって、深く苦笑《くしょう》した。手にあったジュースを片方、妻に渡し、シャナのために買ったもう片方を一気に飲み干す。

「……千草さん」

声とともに空のコップを受け取った千草は、納得《なっとく》の微笑《ほほえ》みで答える。

「はい」

「せっかくのデートだが、少し外すよ」

「どうぞ。シャナちゃんのためだし……でも」

今度は少し、悪戯《いたずら》っぽく。

「でも、この分の埋め合わせは、きちんとしてくださいね」

「もちろん。そっちの準備も全て万端《ばんたん》だ」

細い体を鋭く返して貫太郎は人ごみに紛《まぎ》れ、残された千草は笑って溜息《ためいき》を一つ吐《つ》いた。


元が山上《さんじょう》公園であるファンシーパークには、小さな緑地《りょくち》エリアがある。

ごく短いハイキングコースを登った先、芝生《しばふ》の丘になっているここは、賑《にぎ》わう遊園地とその向こうにある大戸《おおど》市を一望できる絶景《ぜっけい》の好《こう》位置だった。

その緑地エリアの一角、疎《まば》らに立つ木の影で、悠二と吉田は弁当を広げていた。

辺りにも同じような親子連れや恋人同士が、持ち込みや売店の弁当をそれぞれ広げ、憩いの時を過ごしている。日差しは強かったが、山の中腹にあたるこの公園には適度な風が吹き降ろしていて、木陰は快適だった。

「もう大丈夫、吉田《よしだ》さん？」

その緑も薫《かお》る風の中、悠二《ゆうじ》が気遣《きづか》わしげに言う。

「やっぱり拙《まず》かったかな？」

「いえ、私が言い出した、ことですから……」

答える吉田には、いま二つほど元気がない。原因は、さっき入ったお化け屋敷《やしき》である。

彼女としては、漫画《まんが》等《など》でよくある『恐くて抱きつくシーン』を期待して入ってみたのだが、実際にはパニックを起こしてわけが分からなくなっただけだった。はしたない声を上げていなかったか、みっともなく取り乱していなかったか、心配でしょうがなかった。

そんな羞恥《しゅうち》と自己嫌悪《けんお》を抱いたまま、彼女は一番の見せ場である昼食の時間を迎えていた。

今日の主体は、この公園での食事を想定《そうてい》したサンドイッチである。よく油を切ったカツや卵とツナを混ぜたサラダなどのサンド、初めて作ってみたお菓子風《ふう》の湯葉《ゆば》巻《ま》き、さらには野外での弁当に定番《ていばん》のお絞《しぼ》りと水筒など、バスケットの中には楽しみの形そのもののように、さまざまな物が詰め込まれていた。

悠二は、吉田が落ち着くのを待ってから、ようやくカツサンドに手を付ける。

「いただきまーす」

吉田は、昨日見た千草《ちぐさ》と貫太郎《かんたろう》の姿を思い浮かべて、答える。

「はい、どうぞ召し上がれ」

茶目《ちゃめ》っ気《け》の微笑《ほほえ》みを込めたその返事に、悠二は恥ずかしくなって、無理矢理《むりやり》話題を変えようと景色の方に目を転じた。

「やっぱり夏休みだな、すごく人が多い」

「そうですね」

吉田もやや下方、無数とも思える遊園地の人出《ひとで》を見やる。

その中に、恐怖の使者が混じっているとも知らず。


（悠二、吉田一美《かずみ》……ヴィルヘルミナ、どこ!?）

人ごみで埋まる広い道を、シャナは立ち止まっては見回し、見回してはまた走る。

周囲を歩く人々は、そんな彼女を迷子《まいご》、あるいははしゃぐ子供と見て、気にもとめない。

「気配を断っているのが、一昨日《おととい》の自在法《じざいほう》だとしたら……格好《かっこう》はあの大きな白装束《しろしょうぞく》?」

「恐らくな。度々《たびたび》見たわけではないが、形態を変えるとしても、大差ない格好であることは間違いない」

雑踏《ざっとう》の中、周囲に知人のない今、シャナはアラストールとごく自然に声を交わす。もちろん誰も、その異常には気付かない。

「封絶《ふうぜつ》を使ってくれれば、すぐそこへ飛んでくのに」

「昨夜のこともある。『万条の仕手《ばんじょうして》』ともあろう者が二度、迂闊《うかつ》な過ちは犯すまい。ただ、覚《かく》悟《ご》はしておくことだ」

アラストールは声の調子を落とし、遠雷《えんらい》のような声を深く響《ひび》かせる。

『万条の仕手《ばんじょうして》』は、我々の存在に気付いたがために気配を消した……あれは、本気だ」

その響きに、シャナは総身《そうしん》が引き締まるのを感じる。

「うん。でも……分からない。どうしてヴィルヘルミナは、ここまでするの？」

「覚悟には、それを問い詰めることも含まれる。我らには、その権利があろう」

シャナは道端《みちばた》での、埒《らち》の明かない問答を切り上げ、無言で頷《うなず》く。また走り、大きな広場に行き当たった。そこで周囲を見回して、思う。

（なんて、やりにくい場所……）

感情のまま走ってしまったため、始点《してん》近くに戻ってしまった。ファンシーパークに限らないが、この手の施設の道は、大抵《たいてい》が直角に交わらず、大小さまざまな別れ道も多い。相手が建物の中に入っていたらお手上げである。人探しをするには、全く最悪な場所だった。

（それに……なんで私が）

悠二《ゆうじ》が吉田《よしだ》一美《かずみ》とデートしている、自分が感じた、あの嬉《うれ》しくて、楽しくて、温かな雰囲気《ふんいき》を、今どこかで二人が……そう思うと、イライラがムカムカに変わる。

（悠二なんかを……悠二なんかを!!）

憎まれ口にはしかし、守るために、守らねば、守りたい、と続く。

切羽詰《せっぱつ》まった焦りが、短絡《たんらく》を生む。

「アラストール、私が封絶《ふうぜつ》を使おうか？　そうすれば悠二も気付――」

途中で自分の愚策《ぐさく》に気付き、口を閉じた。

アラストールが慎重《しんちょう》を期すために、その愚策を検証《けんしょう》する。

「賭《か》けとしては分が悪すぎる。もし『万条の仕手《ばんじょうのして》』が我々よりも坂井《さかい》悠二の近くにいた場合、封絶の発動を察知《さっち》して急行するあ奴《やつ》を捕捉《ほそく》するだろう。我々は、目視《もくし》によってしか『万条の仕手《ばんじょうのして》』を発見できない分、不利なのだ」

「うん」

短く、納得《なっとく》ずくの答えをシャナは返し、さらに辺りを見回す。悠二か吉田一美、白装束《しろしょうぞく》のヴィルヘルミナ、誰でもいい、知っている姿を――

「どうしたんだい、シャナさん」

まるで当たり前のように、グレーのスーツを着た男が立っていた。

シャナは驚いて、思わず声をかける。

「貫太郎《かんたろう》、どうしたの」

「それはこっちの台詞《せりふ》だな。千草《ちぐさ》さんが心配していたよ？」

「……」

誤魔化《ごまか》しとともに駆《か》け出そうとして、

(そういえば、最初に……)

ふと、思った。思った次の瞬間に、訊《き》いていた。

「貫太郎《かんたろう》は最初に会ったとき、なぜ私たちの尾行《びこう》に気付いて逃げたの?」

「?」

(シャナ?)

アラストールの怪訝《けげん》な気配を察しつつも自分の勘《かん》を信じ、細くも強靭《きょうじん》な容貌《ようぼう》を見上げる。

貫太郎は数秒の黙考《もっこう》を経て、

「角を曲がる仕草《しぐさ》が、不自然だったからだよ。まるで身を隠《かく》すように、急に曲がっただろう。だから尾行に気付かれた、と思ったんだ」

と正直に告げた。

シャナは頷《うなず》き、彼が助けになると認める。

「貫太郎、人探しも上手《うま》い?」

貫太郎は少し見つめ返してから、妙《みょう》なことを尋《たず》ねてきた。

「困って、いるんだね?」

「? ……うん」

事実として素直に頷き、

「ヴィルヘルミナが来てる」

とりあえず、人間にも分かるだけの説明を試みる。

「悠二《ゆうじ》を、酷い目に合わせようとしてるの」

「ふむ、カルメルさんが来て、悠二が危険だ、と……よし、分かった」

貫太郎《かんたろう》は少女の緊張《きんちょう》の度合《どあ》いから、事態の切迫《せっぱく》を察《さっ》した。

「お互いのレギュレーションを、説明してくれるかな？」

「手伝ってくれるの？」

感じて、深く笑った。

「ああ。私の仕事は、困った人の相談に乗ることだからね」

顔まで覆《おお》う白装束《しろしょうぞく》の大男《おおおとこ》として、家族連れや恋人同士、ファンシーパーク名物という多数の着ぐるみや遠足らしき子供の群れに混じっていたヴィルヘルミナは、

（……いた）

（捕捉《ほそく》）

遂《つい》に〝ミステス〟坂井《さかい》悠二をその目に捉《とら》えた。見間違《みまちが》えようもない、その少年は軽そうなバスケットを大きく振って、見慣れぬ少女と楽しげに話しながら歩いている。

（……『炎髪灼眼《えんぱつしやくがん》の討ち手《うて》』という者がありながら……）

（不埒《ふらち》）

　その繋《つな》がりを絶つために現れた二人は、全く勝手に怒っていた。周囲に少女の姿がないのはこのせいか、と納得《なつとく》しつつも憤《いきどお》り、仲の良い恋人同士にしか見えない〝ミステス〟ともう一人の少女を、スリット状の覗《のぞ》き穴から睨《にら》む。

　そうして怒りの一歩を踏み出したところで、
　パアーン！

「ふあっ⁉」

（⁉）

　と突然、ラッパの音を、顔の真横《まよこ》から受けた。

　彼女を中に収めた巨体がグラリと傾《かし》いで、危うく膝《ひざ》を着きそうになる。

「な、な……」

　くらっときた頭を振り向けて睨む先に、

「……？」

　鉄の鎧《よろい》を着た鷹《たか》の着ぐるみが立っていた。片方の手にさっきのラッパ（首から紐《ひも》で提《さ》げている物らしい）を、もう片方の手に風船の紐束《ひもたば》を持っている。お遊びかショーの一環《いつかん》か、オーバーアクションで驚いた様子《ようす》を見せ、鉄の腕を組もうとする。

「……っ」

そのユーモラスな動きに釣《つ》られ集まりつつある観衆に、二人は困惑《こんわく》する。

（脱出）

ティアマトーに頷《うなず》いて返すと、ヴィルヘルミナは人垣越《ひとがきご》しに、やや遠ざかってしまった悠二《ゆうじ》と少女を見つける。急ぎ後を追おうとするその前に、

「――ッ!?」

突然、片膝《かたひざ》を着いた鷹《たか》が、風船を一つ、まるで求婚でもするかのように大げさな仕草《しぐさ》で差し出した。着ぐるみのショーだと思っている観衆から、ドッと笑いが起こる。

この腕を、周りの人々を押しのけて、ヴィルヘルミナは二人の後を追った。

（不覚《ふかく》。衆目《しゅうもく》を集めてしまえば、『炎髪灼眼《えんぱつしゃくがん》の討《う》ち手《て》』に見つかって……）

（追跡《ついせき》）

（分かっているであります！）

滅多《めった》にない醜態《しゅうたい》への照れ隠《かく》しに、思わず大声を心中《しんちゅう》で張り上げてしまう。

その見る先で、二人が道を折れた。

見失わない内に、と知らず足早になって追いかける。

さっきの騒ぎのせいか、周囲からの視線が多く集まってイライラする。殺気や害意の気配《がいい》《けはい》が
ないと、あの手の不意討《ふいう》ちも容意《ようい》に食らってしまう。そうでなくも、この隠蔽形態《いんぺいけいたい》は視界《しかい》もス

リット程度と狭いので、ああいうアクシデントには弱かった。

ああいう、というか、こういう、というか。

小走りに曲がったヴィルヘルミナは、真正面から走ってきた誰かに衝突《しょうとつ》し、真上から氷入りのジュースを浴びて、

「ひゃあっ!?」

思わず女性としての声を張り上げていた。

自分の前に転んで尻餅《しりもち》を着いていたのは、またしてもファンパー名物の着ぐるみである。赤い鬣《たてがみ》の一角獣《いっかくじゅう》だった。それが頭を振ってジュースを飛ばし、手に持ったお盆《ぼん》を恨《うら》めしそうに眺《なが》める。

「……う」

そしてまた、こっちの様子《ようす》に気がついてガバッと目の前に土下座《どげざ》した。

「止め……」

言いかけて、口をつぐむ。

こんな謝られ方をしたら、人がまた集まってしまう。というか、もう集まっていた。人通りの多い往来《おうらい》、しかも着ぐるみ同士のアクシデントである。目立たないわけがなかった。

なぜこんな目に遭《あ》わねばならないのか、間抜《まぬ》けな自分の姿に、思わず慨嘆《がいたん》しかける、そんな彼女にパートナーが言う。

(無様《ぶざま》)

(うるさいであります!)

ややヒステリックに答え、土下座《どげざ》も措《お》いて一目散《いちもくさん》に逃げ出す。危うく見失うところだった二人の遠い背中を、今度こそ慎重《しんちょう》に、周囲に気を払いつつ追う。

幸い二人は、人の少ないパークの外れに向かっていた。

さっきの不用意な騒ぎを思い、周囲に炎髪灼眼《えんぱつしゃくがん》の少女が来ていないか、流れる景色の中を注意深く観察する。

(衝突注意《しょうとつ》)

(……)

もはやパートナーに言い返す気力もなく、黙って二人をつける。上手《うま》い具合に、向こうは振り向くことも周りを眺《なが》めることもしない。こっちの姿は既に一度見られている、どんな手段で少女に通報されるか分かったものではない、と距離を開けていたのだが、どうもこちらの買い被《かぶ》りだったらしい。人気《ひとけ》のない場所で急迫《きゅうはく》し、有無《うむ》を言わせず片付ける、と決める。

やがて二人は立ち止まり、建物の一つに入った。

(しめた)

とヴィルヘルミナは思った。建物の中なら、目立たず始末《しまつ》できる。しかも、見るからに寂《さび》れたパビリオンで、人気もなさそうだった。

「む」

（左前方）

またしても着ぐるみが横合いから現れたので、二人は一応、避けて通ろうと考える。

サングラスをかけたライオンだった。今度は、引っ掛けられるような物は持っていない。首にはさっきの物と同じラッパがかけられていたが、もちろん気付いていれば不意討《ふいう》ちにはならない。人っ子一人いない外れの道だからか、傍《かたわ》らのベンチに腰を下ろした。どうやら休憩するためにここに来たものらしい。

ヴィルヘルミナは僅《わず》かに安堵《あんど》の吐息《といき》を漏らして、ライオンの座った前を通り過ぎた。サングラス奥からの物珍しそうな視線は感じたが、もちろん殺気《さっき》などない。

（安堵）

（うるさいであります）

そうして二人はようやく、獲物《えもの》を追い詰めた。捕捉《ほそく》し次第、これを破壊する。

パビリオンの、受付の人間さえいない寂れた入り口に足を踏み入れようとして、

プオー！

「！」

（！）

遠く背中に、ラッパの音を受けた。

振り返ると、ライオンがベンチに座ったままラッパを吹いていた。別にこっちに振り向くでもない。すぐラッパを口から離して、背もたれに体を預けた。

二人はフレイムヘイズとして、その様子《ようす》に不気味《ぶきみ》な胸騒《むなさわ》ぎを覚えたが、獲物《えもの》に出て行かれては元も子もないと、急ぎパビリオンに踏み込む。

その薄暗い入り口には、色褪《いろあ》せた『郷土《きょうど》の出土品・縄文式土器《じょうもんしきどき》とその時代』と書かれた地方博覧会《はくらんかい》の地味なポスターが張ってあった。

駆け抜けたパビリオンの裏にあるベンチに、悠二《ゆうじ》と吉田《よしだ》は並んで座っていた。

まだ、今は日常。

しかし、すぐに変わる。

悠二は、思わぬ来襲《らいしゅう》にとびきりの日をぶち壊された少女を気の毒に思う。

言われる吉田は、不思議《ふしぎ》と穏《おだ》やかな表情をしていた。

「ごめんね、恐い思いをさせて」

「いいです。事が、事だし……でも、一つだけ約束してください」

「うん、大丈夫、ちゃんと無事に帰って――」

「違います」

「?」

「これから、こんなことがあっても、私を仲間はずれにしないでください」

「えっ……?」

「気遣《きづか》わないでください、利用してくれてもいいです、でも、知らずにいなくなるのは……それだけは、絶対に……嫌です……」

「——分かった。ありがとう」

「……」

「これからも、なにも言わないことだけは絶対にない、全部きちんと話す、そう誓うよ」

「……はい」

吉田は、にっこりと笑う。

笑顔が泣き顔と似ていることに、悠二は初めて気がついた。


(王手《おうて》)

(もう、逃げ場はないのであります)

もう一息、獲物を追い詰めた、と確信するヴィルヘルミナは、パビリオンに踏み込む。

そこは、目立つ外観優先《ゆうせん》に作られた、博覧会用の建築物だった。球状の骨組みを厚手《あつで》の構造材で外張りした単純な構造。球の内壁にはメンテナンス用の通路と梯子《はしご》があるのみで、二階もなかった。

展示の仕方も、無駄《むだ》に広い円形のフロアにガラスケースを升目状《ますめじょう》に並べるという、かなり適当なものである。ケース内を照らす蛍光灯《けいこうとう》の他に光源はなく、薄暗い照明の中に一直線、突き抜けた反対側に、出口の光がドアとして浮かび上がっている。

ヴィルヘルミナがなんということもなく目にしたその光の中で、

「!?」

少女が後ろ手に、ポニーテールを解いた。

「封絶《ふうぜつ》」

その可憐《かれん》な唇が声を紡《つむ》ぎ、瞬間、紅蓮《ぐれん》の炎《ほのお》が吹き上がる。

一瞬で、パビリオンとその周囲を覆《おお》うドーム状の空間が構成されていた。内部を世界の流れと断絶《だんぜつ》させ、外部から隔離《かくり》・隠蔽《いんぺい》する因果《いんが》孤立《こりつ》空間、封絶である。

気付けば、少女の髪と瞳は紅蓮に煌《きらめ》き、長い黒衣《こくい》が翻《ひるがえ》っていた。その身の端からは、同じく紅蓮の火《ひ》の粉《こ》が舞い咲き、渦巻《うずま》く力の風を飾っている。

「ヴィルヘルミナ」

驚愕《きょうがく》に凍りつく二人に少女が――〝天壌《てんじょう》の劫火《ごうか》〟アラストールのフレイムヘイズ『炎髪《えんぱつ》灼眼《しゃくがん》の討《う》ち手《て》』が――シャナが――語りかける。

「話を、聞かせて」

「おまえたちらしくもない拙策《せっさく》だな……なぜ、なにが、おまえたちにそこまでさせる」

その胸のペンダント〝コキュートス〟から、アラストールも問いかける。

しかし、ヴィルヘルミナは、質問で返していた。

「なぜ、ここに」

「……罠《わな》？」

信じられないという風な二人に、シャナは説明が先かと後ろに声をかける。

「悠二《ゆうじ》」

少女の後方、今や紅蓮の炎を混ぜた陽炎《かげろう》の壁を見せる出口から、一人の少年が入ってきた。緊張《きんちょう》と意志の力を、顔いっぱいに表して。

「他でもない僕の存在がかかってるからね……引っ掛けさせてもらったよ」

シャナに協力を求められた貫太郎《かんたろう》は、まずシャナを急ぎ、ファンシーパークの監視《かんし》室に導いた。そんな場所があること、あっさり通れること、行った先を利用できること、諸々《もろもろ》を不思議《ふしぎ》がるシャナに、貫太郎は涼しい顔で、

「出かける場所は隅々《すみずみ》まで把握しておく質《たち》でね」

と心構えの方面だけの答えを返した。

そうして彼は目立つ方、シャナが言うところの白装束《しろしようぞく》の大男《おおおとこ》を探したのである。探す、という行為はまず道で、人通りの多い場所、つまりカメラのある場所で行われる公算《こうさん》が高い。案《あん》の定《じよう》、テレビカメラの一つが、大通りの結節点《けつせつ》の一つで、やたらと目立つ大男を発見した。

慌《あわ》てて飛び出そうとするシャナを、しかし貫太郎《かんだろう》は止め、代わりに館内《かんない》放送で、こう呼びかけるよう手配した。

《――御崎市《みさきし》からお越しの吉田《よしだ》一美《かずみ》さま、御崎市からお越しの吉田一美さま、お父様が中央インフォメーションセンターでお待ちです――》

呼び出しに使う名前は、ヴィルヘルミナがまず知らないだろう吉田一美と、来園などしていないその父のもの。タイミングは、ヴィルヘルミナが大通りを一巡《いちじゆん》した直後、気まぐれに建物の一つに入ったのを見計らって。

運も良かった。悠二《ゆうじ》と吉田は、ちょうど昼の弁当を片付け、ハイキングコースを降りたところで、この放送を聴《き》いたのである。

「父さんは、僕らがそのインフォメーションセンターに到着するまでの時間が、一番のヤマだった、って言ってたよ」

悠二の説明した、その長く短い時間を経て、父とシャナに合流した悠二は、ヴィルヘルミナをできるだけ面倒《めんどう》の起きない場所に誘導《ゆうどう》することを提案した。

気配を感知《かんち》できない彼女を、貫太郎が監視《かんし》する（もちろん彼にはフレイムヘイズの気配云々《うんぬん》は分からないので丁度《ちょうど》いい）。標的《ひょうてき》である悠二は吉田とともに、この人気《ひとけ》のないパビリオンに誘い込む。そして待ち構えたシャナが説得する、という役割分担《ぶんたん》である。

「貫太郎氏《し》が、我々を監視？　——っあ」

「着ぐるみ」

二人が気付いたように、彼女らを邪魔《じゃま》した着ぐるみこそが、貫太郎だった。

悠二たちと細かく連絡を取り合う必要はない。尾行《びこう》を邪魔して騒ぎを大きくすれば、悠二たちは自然と互いの間合いを知ることができる。最後のライオンによるラッパは、ヴィルヘルミナが余計《よけい》な小細工《こざいく》をせず、真正面から入ることを示す合図だった。もちろん、そうさせないために貫太郎は人気のない場所、最後の見張りとしてベンチに座ったのである。

「貫太郎には、ここで私とヴィルヘルミナが話をつける、ってことだけを言ってある」

「彼《か》の御仁《ごじん》に真実を告げず協力を仰ぐこの作戦は、坂井《さかい》悠二が考案したものだ」

シャナとアラストールによる結びの解説を終え、『炎髪灼眼《えんぱつしやくがん》の討ち手《うて》』は再び問う。

「ヴィルヘルミナ、今度はあなたが話して。どうして、悠二を目の仇《かたき》にするの？」

「危険性、それのみならば、我らへの口が重くなることの理由にはなるまい。なぜ、ここまで執拗《しつよう》に『零時迷子《れいじまいご》』の無作為《むさくい》転移《てんい》に拘《こだわ》るのだ」

悠二《ゆうじ》も続いて、口を開く。

「二人には、呼び出されたときに話したよ」

スリットの間に覗《のぞ》くヴィルヘルミナの表情が初めて、眉《まゆ》の一揺《ひとゆ》れとして動く……それを確認して、続ける。

「貴女《あなた》が〝壊刃《かいじん》〟を追いかけて、そこで『約束の二人《エンゲージ・リンク》』と出会って、互いに救い救われて、一緒に逃げて……でも、数ヶ月前、とうとう『永遠の恋人』が破壊された――」

ヴィルヘルミナは顔を僅《わず》かに伏せた。

これが彼女の怒りの前兆《ぜんちょう》の姿であることを、悠二は知っている。しかし、言う。

「――あのとき訊《き》いたよな？　依頼で動く殺し屋の〝壊刃《かいじん》〟は、本当に『永遠の恋人』の破壊を依頼されたのか、って」

自分の全てを、なにがどうなったのか、必死に問いかける。

「あの二人は誰にも迷惑《めいわく》をかけずに生きてて、手を出すには強すぎた。他に考えられる理由は、個人的な恨《うら》みか――」

シャナが続け、

「――『零時迷子《れいじまいご》』だっていうの？」

アラストールが継ぐ。

「この宝具にそれだけの価値《かち》があると？　何者かによる、思いもよらぬ企《たくら》みが仮にあるとしても、かの〝王〟に報《しら》せようともせず、無作為転移を強行しようとするのは解《げ》せぬ」

「……」

ヴィルヘルミナとティアマトーは、頑《がん》として答えを返さない。

悠二は、そんな鉄面皮《てつめんぴ》のフレイムヘイズに食い下がる。

「お願いだ、教えてくれ。いったい、『永遠の恋人』に……いや、『零時迷子《れいじまいご》』に、なにが起こったんだ？」

ようやく、ヴィルヘルミナは口を開いた。

「……あの時」

悠二は思わず、前のめりに聞く。

と、

「ヴィルヘルミナ」

シャナが言った。

「両脇のリボンを下げて」

悠二は慌《あわ》てて自分の周囲を見回す。

「え、えっ!?」

展示ケースの下、非常灯の影、数多く伸ばされていたヴィルヘルミナのリボンが、一気に翻《ひるがえ》り、その伸びた元の場所、白い巨体の足元に戻る。

と同時に、それが解《ほど》けた。

幻想《げんそう》的な桜《さくら》色の火《ひ》の粉《こ》散る中、現れた『万条の仕手《ばんじようのして》』と、静かに紅蓮《ぐれん》の火の粉を舞い咲かせ立つ『炎髪灼眼の討《う》ち手』、双方静寂《せいじやく》の間に力が満ち、

「っ――」

驚いた悠二《ゆうじ》の眼前、

純白のリボンが神速《しんそく》の槍《やり》の如《ごと》く一直線に伸び、

シャナの大太刀《おおだち》『贄殿遮那《にえとののしやな》』が、これを抜きつけに斬《き》り払っていた。

「――あっ⁉」

ようやく、声を出した悠二が後ろに倒れ込む。

「悠二、早く下がって‼」

シャナが目線《めせん》を前に据《す》えたまま叫んだ。

アラストールは、声も低く、問う。

「本気か」

ヴィルヘルミナは答えず、ヘッドドレスに手を添えた。

「ティアマトー、神器《じんぎ》〝ペルソナ〟を」

「承知《しょうち》」

添えた手を下に払うや、ヘッドドレスが無数の糸となって解《ほど》けた。その糸は、眩《まばゆ》いばかりの白に桜色の火の粉を混ぜて、新たな姿へと編み直される。

「ヴィルヘルミナ……」

シャナは半《なか》ば呆然《ぼうぜん》と、しかしもう半ばを戦意で固めて、この華麗《かれい》な変身を見つめる。

解けたヘッドドレスは、白く尖《とが》り、細い目線《めせん》だけを開けた、狐《きつね》にも似た仮面へと編み直されていた。さらに、仮面の縁《ふち》から無数の白いリボンが溢《あふ》れ出、巨大な鬣《たてがみ》として膨《ふく》れ上がる。ヴィルヘルミナの体は、この巨大な鬣の中心に、仮面を付けた姿で浮かび上がっていた。その周囲には、桜色の火の粉が、淡雪《あわゆき》のように舞い散っている。

これぞ〝夢幻《むげん》の冠帯《かんたい》〟ティアマトーのフレイムヘイズ、『万条《ばんじょう》の仕手《して》』ヴィルヘルミナ・カルメルの戦装束《いくさしょうぞく》だった。

「不備なし」

「完了」

短く、二人は確認する。

美しい……悪夢《あくむ》では決してない夢の住人の、可憐《かれん》不思議《ふしぎ》な姿に、シャナも悠二も、あるいはアラストールさえも見惚《みほ》れる。

しかし、これはただ愛《め》で鑑賞《かんしょう》する、花の美しさではない。

戦うための刀剣《とうけん》、散る命の儚《はかな》さを示す、戦装束《いくさしょうぞく》の美しさである。

開戦の口上《こうじょう》さえなかった。鬣《たてがみ》の一端、純白のリボンが、さっきの一撃《いちげき》と同等の威力《いりょく》、数十もの数で、一気に悠二《ゆうじ》を串刺《くしざ》しにせんと迫る。

「つわ!?」

悠二は必死に横へ飛び退《の》く。

それをさらにシャナが蹴飛《けと》ばした。

「馬鹿!」

「どあっ!?」

リボンによる槍衾《やりぶすま》の殺傷圏《さっしょうけん》から悠二を蹴り出し、己《おのれ》の体は『炎髪灼眼《えんぱつしゃくがん》の討《う》ち手《て》』万能の衣《ころも》である『夜笠《よがさ》』の裾《すそ》を広げて守る。

ドドドドドドドド、
と身の毛もよだつような本気の刺突《しとつ》がその表面に無数突《つ》き立ち、銃弾《じゅうだん》に小揺《こゆ》るぎもしない黒《こく》衣《い》を貫通寸前《かんつうすんぜん》まで追い込んだ。

ようやく攻撃を止めたその陰で、

(ヴィルヘルミナは、本気だ)

認めたくない事実を、シャナは受け止める。

受け止めて、それでも叫ばずにはいられない。

これから、戦うために。

「ヴィルヘルミナ！　私、悠二を守るから!!」

いつの間にか元に戻った鬣の中、仮面の奥から、悲しい答えが返ってくる。

「我を通されるのでありますか、あくまで」

「頑迷《がんめい》」

「どっちが!?　ヴィルヘルミナはずるいよ、自分は何も言わないで！　どうして私に話してくれないの!?」

「……」

仮面は沈黙《ちんもく》を守った。

代わりに、ゆっくりと、その両手足が舞踏《ぶとう》の前触《まえぶ》れのように広がってゆく。

「来るぞ」

巨竜《きょりゅう》をも容易《たやす》く放り投げる彼女の技量を知るアラストールが、契約者に覚悟《かくご》を求める。

「うん……悠二！　邪魔《じゃま》にならないよう下がって！」

「わ、分かった！」

少年の退避《たいひ》する気配を感じつつ、シャナは考える。

アラストールから聞いたところによると、ヴィルヘルミナは炎弾《えんだん》を始め、通常のフレイムへイズのような破壊の自在法《じざいほう》をほとんど使わないという。代わりに、その呼び名の通り、万のリボンを万能《ばんのう》自在に使いこなして敵を翻弄《ほんろう》する。

（組み合えば、戦技無双《せんぎむそう》の投げが来る）

大太刀《おおだち》『贄殿遮那《にえとののしやな》』による近接格闘《かくとう》を戦法の主体とするシャナにとっては、まさに天敵《てんてき》といっていい相手だった。

ゆえに、弾《はじ》き出される結論は、簡単明瞭《めいりょう》。

（炎《ほのお》による最強の一撃《いちげき》を、最初に叩《たた》き込む）

手加減《てかげん》して勝てる相手では、全くない。

（私の全力が、これだけになったと、ヴィルヘルミナに教える）

手加減して戦う気も、全くない。

（全てを見せる、見せて認めさせる……私は決して弱くなってなんかいない、このフレイムヘイズ、『炎髪灼眼《えんぱつしやくがん》の討《う》ち手《て》』は、間違っていないと）

身の内にある〝存在の力〟を、燃焼《ねんしょう》に向けて一瞬で練る。

警告《けいこく》もない、
一撃、必殺《ひっさつ》、

「――っだ!!」

巨大な〝燐子《りんね》〟を丸ごと焼き払い、

怪物列車《かいぶつ》を一撃で消し炭《ずみ》に変えた、
莫大《ばくだい》な熱量の怒涛《どとう》が『贄殿遮那《にえとののしゃな》』を方向舵《だ》にぶっ放される。
ただし、闇雲《やみくも》に力を放出するのではない。ヴィルヘルミナを中心とした、このパビリオンを半分消し飛ばすほどの球状に、熱量の発現領域《りょういき》を構成する。『天道宮《てんどうきゅう》』を発《た》った頃には考えられない、この街に来るまでできなかった、高度にして驚異《きょうい》的な熱量の制御だった。
この攻撃を食らえば、生き残るどころか存在の維持さえ危ういだろう、
しかし、ヴィルヘルミナなら、なんとか耐え凌《しの》いでギリギリ生き残るだろう、
シャナは、
そんな風に、甘く見ていた、、、、、。
「――」
「――!?」
炎《ほのお》を構成する中で、気づく。
眼前、紅蓮《ぐれん》の熱塊《ねっかい》が膨《ふく》れ上がるよりも先に、シュルシュルと無数の衣擦《きぬず》れのような音を響《ひび》かせて、異様《いよう》な物体が織り上がりつつあった。
それは、熱塊をちょうど受け止めるような、白い半球。
織り上げる糸は、純白のリボン。その表面には、桜《さくら》色の自在式が、無限に続く短冊《たんざく》のように刻み込まれていた。

シャナは、ヴィルヘルミナの意図とともに、その式の効果を概観《がいかん》で瞬時《しゅんじ》に看破《かんぱ》する。

(反射!!)

瞬間、
ある一点を超えた熱塊《ねっかい》が、奔出《ほんしゅつ》の方向を変える。

炸裂《さくれつ》する焦点を、『炎髪灼眼《えんぱつしゃくがん》の討《う》ち手《て》』に結んで。

百戦錬磨《ひゃくせんれんま》『万条《ばんじょう》の仕手《して》』は、少女が初手《しょて》から最大の攻撃を繰り出してくることなど、お見通しだったのである。

「――く、あっ!?」

自らに返されつつある自在法《じざいほう》の構築《こうちく》を止め、『夜笠《よがさ》』を何重《いくえ》にも、出来得る限りの速さで巻きつける。悠二《ゆうじ》に気を払う余裕《よゆう》がない。

(駄目《だめ》っ!!)

開戦からほんの数秒で、自らが死地《しち》にあった。

目も耳も鼻も肌《はだ》も閉ざされ、全てが生死の博打《ばくち》として放り込まれる瞬間が来た。

全てを抉《えぐ》るように、少女を中心にした空間で熱塊が炸裂する。

一瞬、パビリオンの四分の一が消し飛んだ。開放された紅蓮《ぐれん》の炎《ほのお》が、爆発の衝撃《しょうげき》が、残った空間に吹き荒れる。爆発の輻射熱《ふくしゃねつ》と衝撃波が陳列《ちんれつ》ケースを砕《くだ》き散らし、屋根を粉々《こなごな》にする。

その荒れ狂う炎の嵐の中で、悠二は身を伏せて必死に耐えていた。彼の周りには、ガラスのドームのような防御壁《へき》が張られ、紅蓮の乱流《らんりゆう》を防いでいる。

紐《ひも》で通し、胸に下げていた火除《ひよ》けの指輪たる宝具『アズュール』の効果だった。これがなければ、人間と大して耐久力《たいきゆう》も違わない彼の体は消し炭《けずみ》になってしまっていただろう。ただ、

「わあ――――っ!!」

この『アズュール』は物体の透過《とうか》を防げない。物凄《ものすご》い勢いで飛んでくるガラス片や鉄骨の欠《か》片《けら》などが、容赦《ようしゃ》なく彼の体を切り裂き、叩《たた》いた。

何秒か何十秒か、濛々《もうもう》たる煙と、弾《はじ》き飛ばされた物の壊れる音も、ようやく掠《かす》れる。

「――シャナ」

顔を伏せていた悠二は、まず最初に名前を呼んだ。

そして、答える声は、

「その名は、不愉快《ふゆかい》であります」

「!!」

純白のリボンが首に巻きつく。全く簡単に、シャナが守ると誓った悠二は、絶体絶命《ぜったいぜつめい》の危機に陥っていた。

煙の向こうから鬣《たてがみ》の風に流れるように、全く無傷の『万条の仕手《ばんじようして》』が、悠然《ゆうぜん》と現れた。

「――、――」

ギリギリと、名を呼ぶことを禁じるように、悠二の首でリボンが絞まる。

「なるほど、確かに顕著《けんちょ》なる成長……しかし」

メギ、

「────ッ!!」

と悠二《ゆうじ》は首の後ろ側に不気味《ぶきみ》な響《ひび》きを感じた。激痛《げきつう》と息苦しさが、何かが千切《ちぎ》れていくような悪寒《おかん》とともに襲《おそ》いかかってくる。もがく体は、既に宙に浮いていた。

「貴様《きさま》という存在だけは、余計《よけい》であります」

「……め」

煙も薄まった中に、黒い何かが動いた。

『万条の仕手《ばんじようのして》』は、鬣《たてがみ》の全体をゆらりと振り向かせる。

悠二もついでに宙で引っ張り回された先、その黒いものが手を出す。

（────シャナ────!!）

抵抗するように、最後にすがるもののように、悠二は心の中で叫ぶ。

しかし、そのすがるべきものは、今やボロボロになっていた。

「……だめよ、ヴィル、ヘルミナ……」

自らが放った熱塊《ねつかい》の炸裂《さくれつ》を受けた少女は、『夜笠《よがさ》』を幾重《いくえ》にまとってなお、満身創痍《まんしんそうい》の体《てい》をなしていた。もはや襤褸《ぼろき》切れ同然となった『夜笠』の中、お出かけ用の服は黒焦《くろこ》げとなり果てている。煌《きらめ》く炎髪《えんぱつ》だけは炎《ほのお》の燃え広がるように修復《しゅうふく》しつつあるが、体の方は焼け爛《ただ》れた部位《ぶい》も多い。人間なら間違いなく、人事《じんじ》不《ふ》省《せい》の重傷《じゅうしょう》である。それでも少女は、必死に声を絞《しぼ》り出した。

「ゆ……さない」

「……」

ヴィルヘルミナは、仮面に表情を隠《かく》してその様子《ようす》をじっと見る。

これだけは全くの無傷、決して砕けることのない大太刀《おおだち》『贄殿遮那《にえとのしゃな》』を、杖《つえ》として黒焦げの床に突き立て、身を起こす。震えが酷《ひど》い。まるで、今にも崩れ落ちそうな泥細工《どろざいく》だった。

「ゆるさ、ない」

「結構《けっこう》……」

ヴィルヘルミナが、静かに答える。

「……『やめて』だの『許して』だの、哀《あわ》れみを請《こ》う言葉を吐いていたら、答える前に、まずコレを破壊していたのであります」

「——ッ！」

さらに一息、悠二は絞め上げられる。

「鈍《なま》ったといっても、日常のことでありましょうか……なれば、なればこそ」

「ッ！」

悠二は骨の軋《きし》みを、自分の気管《きかん》に感じる。咽喉仏《のどぼとけ》が潰《つぶ》れかかっていた。込み上げてくるものを必死に抑える。舌が膨《ふく》れ上がっている今、嘔吐《おうと》したら、吐瀉物《としゃぶつ》で窒息《ちっそく》してしまうに違いなかった。

「守らねばならないのであります。完全なるフレイムヘイズを」

「……勝手なこと、ばっかり!」

声の切りとともに、シャナの両足の裏が爆発した。

悠二《ゆうじ》を縛《しば》るリボン目掛けて、大太刀《おおだち》の切《き》っ先《さき》が走る。

が、
一瞬でその切っ先が、ふわり、と……全く当然のように、ふわり、と包まれていた。刺突《しとつ》の勢いを殺さず、僅《わず》かに力の流れる向きを変えて、シャナの体を恐ろしい勢いで回しながら投げ飛ばす。小さな体の向かう先は、床。

ダガン、とコンクリを砕き、体を転がす鈍い音がして、静かになった。

「私にも、不意討《ふいう》ちは効かないのであります」

「無駄《むだ》」

平然と、自らの体はピクリとも動かさずにシャナを投げ飛ばしたヴィルヘルミナの技量《ぎりよう》に、
悠二は恐怖した。

からり、と音がして、また悠二は振り向かせられる。

向いた先で、シャナが立ち上がっていた。

「まだ……まだ!」

再びの特攻、

「誉《ほ》められない戦術でありますな」

「無謀《むぼう》」

高空に放り投げられたシャナが、この遣《や》り取りの終わりとともに落ちてきた。

ダン、と鈍い響《ひび》きを上げて落ち、宙に浮く瞬間、紅蓮《ぐれん》の双翼《そうよく》が燃え上がり、加速する。

飛翔《ひしょう》に斬撃《ざんげき》を乗せるシャナ、その真横《まよこ》に、

「つあ!?」

鬣《たてがみ》とその内に舞う『万条の仕手《ばんじょうのして》』はその字義《じぎ》通り、躍り出ていた。

「なかなか」

「及第《きゅうだい》」

言う間にまた、絡んだリボンが動作の方向を変え、コンクリートの床に、倍化《ばいか》された勢いで放り落とされている。じゃれ付く子供といなす大人《おとな》ほどの、圧倒的な実力差だった。

しかしそれでもシャナは、

「うあああっ!!」

倒れる姿勢から無理矢理《むりやり》に炎《ほのお》を顕現《けんげん》させ、周囲を一気に焼き払う。

「――はあっ、――はあっ――、っ!」

気づいた。

鬣に舞う『万条の仕手《ばんじょうのして》』が、自分の頭上に浮いていると。

降りかかってくるのは、リボンでできた剣山《けんざん》。

「——ぐっ！」

さっきと同じく、『夜笠《よがさ》』の裾《すそ》を素早く上に展開して備える。

と、自分ではなく周囲に、まるで檻《おり》のように取り囲む形で、リボンの雨が突き刺さった。

「!!」

意図に気づいたときは遅い。

アンカーとなったリボンに牽引《けんいん》され、凄《すさ》まじい勢いをつけられたリボンの剣山が、『夜笠』の防壁を薄紙《うすがみ》同然に突き破った。

(シャナ!!)

悠二《ゆうじ》は叫びたくても叫べない。それどころか、ヴィルヘルミナに振り回される彼自身の方が既に瀕死《ひんし》とさえ言えた。その苦悶《くもん》の中、畏怖《いふ》に体が震える。

(く、そおっ、なんて、奴《やつ》)

彼を振り回すこの鬣《たてがみ》の塊《かたまり》は、決して高速で移動しているわけではない。シャナが動く、その僅《わず》かな前後に動き出している。速さはシャナ自身が受け持っていて、素早く動けば動くほどその突進力を利用され、弾《はじ》き飛ばされる。

恐るべきは『万条《ばんじょう》の仕手《して》』、まさに戦技無双《せんぎむそう》の誉《ほま》れも当然な技の冴《さ》えだった。

その鬣が仮面の舞手《まいて》の、手を前に差し出すに従ってゆらりと動き、直下串刺《ちょっかくしざ》しにした少女を、前に掲《かか》げる。まるで、磔《はりつけ》の罪人のようなその体は、そこかしこをリボンによって貫《つらぬ》かれ、血が噴出《ふんしゅつ》していた。

（そ、それでも、育ての親なのかよ!!）

そう悠二は叫びたかったが、窒息《ちっそく》半歩前《まえ》まで絞められた首は、ヒューヒュー間の抜けた音が出るだけ。自分の情《なさ》けなさと弱さに、涙も出ない。

仮面のヴィルヘルミナは、容赦《ようしゃ》のない冷厳《れいげん》とした声で告げる。

「さあ、破壊への同意を。ただ、認めてさえくれれば、良いのであります」

（……!!）

悠二は悟《さと》った。

なぜ自分が、最初に囚《とら》われたとき、即座《そくざ》に破壊されなかったかを。

ヴィルヘルミナはシャナの、日常に惹《ひ》かれる心を折ろうとしていたのだ。

二度とこのようなことがないように、彼女自身に、誓わせようとしているのだ。

もう絶対に、余計《よけい》な事物に気を取られない、完全無欠《むけつ》、一個のフレイムヘイズとして。

（……許さ、ない――――!）

図らずも悠二は、シャナと同じ言葉で怒っていた。

自分の中に、いつか感じた〝存在の力〟の脈動《みゃくどう》を感じる。

しかし、それを自在《じざい》に制御できるほど、こなれてもいない。こなれていたとして、この『万《ばん》条《じよう》の仕手《して》』を相手に何事かできるわけも、また通用するはずもない。しかし、それでも怒る。

シャナを力で従わせる、という最低最悪《さいあく》の行為に。

その強要《きようよう》に、自分の存在を利用されていることに。

ただ、心の底から、怒る。

(許さない――――!)

怒っていると、シャナに伝える。

自分はそんなことを許しはしない、と伝えるために。

(許さない、絶対に!)

彼の心を継ぐように、磔刑《たつけい》に処されたシャナが、薄目《うすめ》を開けて、ぽつりと。

「絶対に……嫌《いや》」

「!!」

ヴィルヘルミナが、仮面越しにも分かる驚愕《きようがく》の姿勢を見せた。

「私は従わない」

悠二は口の端だけで、笑う。

(ざまあ、みろ……これが、シャナだ)

怒れる少女は、口に溜《た》まった血を吐き出して、牙《きば》をむく野獣《やじゆう》のように言う。

「ヴィルヘルミナの、方が、間違ってる」

仮面が、少女からの煌《きら》めきを受け、紅蓮《ぐれん》に染まる。

「私が、そんなこと認めるわけがないって、分かってるはず」

血みどろ灰塗《はいまみ》れの中、二つの灼眼《しゃくがん》が燦然《さんぜん》と燃える。

「私は、言ったよね、アラストール」

これまで一言も喋《しゃべ》らなかったアラストールが、いつかの宣誓《せんせい》を、読み上げる。

「皆がどれだけ自分を愛しても、自分がどれだけ皆を愛しても、嫌なら、絶対にやらない」

「――」

「――」

二人の絶句《ぜっく》があった。

今度は逆に、シャナが問い詰める。

「いったい……なにが、あったの？」

「……う」

「ヴィルヘルミナが、そんなこと、言うはずがない」

「う、う」

「なのに、なぜ……そんなこと言うの。私に、なにを隠してるの？」

「うう、う」

「私、そんなヴィルヘルミナには、絶対に従わない」

一端《いったん》言葉を切って、ボロボロの少女は、ボロボロの少年に求める。

「一緒に、できるよね、悠二《ゆうじ》」

「——」

「止め——」

、、、、、、、、、、、、、、、自分と少女の間に割り込んだ声なき声にヴィルヘルミナが怒声《どせい》を張り上げる瞬間、

「——っはあ！」

シャナは自らを貫《つらぬ》いていたリボンを、全身から噴《ふ》き出した紅蓮《ぐれん》の炎《ほのお》で焼き払っていた。

「——ぐっ⁉」

近すぎる、その炎の輝きにヴィルヘルミナは怯《ひる》む。

が、『万条《ばんじょう》の仕手《して》』は、この程度で戦いの流れを見誤《みあやま》らない。

炎を突き破って飛んできた『炎髪灼眼《えんぱつしやくがん》の討ち手《うて》』渾身《こんしん》の刺突《しとつ》、何の工夫《くふう》もない、最後だろうその抵抗の先端を捉《とら》え、今までと同じように投げ飛ばしていた。

床面に思い切り叩《たた》きつけられて跳ねる、
そんなシャナの様子《ようす》に勝利を確信する、
ヴィルヘルミナは気付いていなかった。

「危険!!」

彼女の眼前、

「――なっ!?」

首を吊《つ》られていた少年が、見慣れぬ大剣《たいけん》を、真っ向から振り下ろしていた。

少女は、噴き出した炎に紛《まぎ》れ、黒衣《こくい》の内よりもう一つの武器を少年に投げ渡していたのである。少年によって〝存在の力〟を込められた大剣は軽々と、重い斬撃《ざんげき》を放つ。

（が、甘い!!）

ドン、
と、ヴィルヘルミナはこの斬撃を、眉間《みけん》まで間一髪《かんいっぱつ》の距離、リボンの束で受け止め、今度こそ勝利を掴《つか》んだと、
錯覚《さっかく》する。

（――――はああああああああああああああっ!!）

悠二が、己《おの》が身にある〝存在の力〟を大剣に注《そそ》ぎ込むため、咆《ほ》える。

大剣の銘《めい》は『吸血鬼《ブルートザオガー》』。

かつて御崎市《みさきし》を襲《おそ》った〝紅世の徒《ぐぜのともがら》〟、〝愛染自《あいぜんじ》〟ソラトが所持《しょじ》していた宝具。

銘の由来《ゆらい》たる――〝存在の力〟を注ぎ込むことで触れた敵の体を切り刻む――特殊《とくしゅ》能力が、並みの〝紅世の徒《ぐぜのともがら》〟を遥かに凌駕《りょうが》する悠二の〝存在の力〟、その大半《たいはん》を注ぎ込まれて、ヴィルヘルミナに襲い掛かった。

ボバッ、

と血が、宙に舞う。

「あ――――　　　っ」

「姫!?」

ティアマトーの叫びが一瞬で遠くに消え果てるほどの、深く無数の傷が、気の遠くなるような痛みが、いつかのように、またいつかのように――全てを闇《やみ》に落とす。

ボロボロと、熱い雫《しずく》が顔にかかる。

とても悲しい。

なぜ他人のために、そこまで泣くのか。

意地《いじ》っ張《ば》りな馬鹿、非常識なガサツ者。

なにが、なにが天下無敵《むてき》の幸運を、だ。

たまには、自分の身を守ったらどうだ。

「……馬鹿」

言って目を開けると、違う顔があった。

可愛《かわい》い、可愛い、とても可愛い、少女。

でも、髪と瞳の色が、違う。

いや……知っている。

自分が、変えたのだ。

「ヴィルヘルミナ!! 良かった、良かった!!」

少女が縋《すが》り付いてくる。

その胸のペンダントから、呆《あき》れたような声が。

「だから大丈夫だと言ったであろうが」

「だって、だって悠二《ゆうじ》があんなムチャクチャバカみたいな量の力注《そそ》ぎ込むから!!」

「わ、悪かったたって言ってるれひょ、初めてだから加減《かげん》が分からなかったんひゃひょ」

薄い視界《しかい》の端に、殴《なぐ》った覚えのない頬《ほお》を押さえた〝ミステス〟の少年がある。

「……容態《ようだい》報告」

無愛想《ぶあいそう》なパートナーが訊《き》いてきたので、短く答える。

「大事ない……でありましょう」

「本当に?」

少女が念を押して顔を覗《のぞ》き込んでくる。

そんな表情を見ると、こっちまで悲しくなってくる。

だから、強く育てたのに。

「どうして、どうしてそんなに、感情を動かすのでありますか」

少女は即答《そくとう》した。

「好きだから」

これは嘘《うそ》だ。

大嫌《だいきら》い、と思っている。

「勝手すぎるよ、ヴィルヘルミナは……大嫌い」

これも、嘘だ。

その心のまま、少女は言う。

「私が変わったって、思ったの……？」

なにも、答えられない。

「フレイムヘイズになったのも私、フレイムヘイズになろうとしてたのも私」

「……」

アラストールの炎《ほのお》の中を、楽しそうにはしゃぎ、
涼風《すずかぜ》を受ける菩《ぼ》提樹《だいじゅ》の下、幹を挟んで白骨《はっこつ》と座り、
自分の膝枕《ひざまくら》の上で、日向《ひなた》ぼっこをしてウトウトし、

「私はね、ヴィルヘルミナがこんなことになったら、いつだって泣くんだよ？」

「……」

階段を転げ落ちて泣かれ、

料理中に火傷《やけど》して泣かれ、
工事中に埋まって泣かれ、

「強くて誇り高いフレイムヘイズになろうって思ってたけど、いっぱい泣いたよね？」

「……」

大事な鉢を割ったとき、きつい酢《す》のものを食べたとき、本の上に蜂蜜《はちみつ》をこぼしたとき、堀に落ちて溺《おぼ》れかけたとき、刈り込みで手を切ったとき、工事中の電線に触ったとき、自信満々に解いた課題が間違っていたとき……

「変わってないよ。私、なにも変わってない」

「……はい」

涙が、また溢《あふ》れてきた。

少女が、強く抱き締めてくれた。

恐怖と焦燥感《しょうそうかん》は、いつしか消えていた。

「全て私の、身勝手《みがって》だったのであります」

「猛省《もうせい》」

血みどろの、未だ回復もままならないヴィルヘルミナは、砕けたショーケースに背を持たせかけ、その前に座った、同じくボロボロの二人に言う。

「私は……フィレスと戦いたくなかったのであります」

「それは……？」

「〝彩飄《さいひょう》〟フィレスと、『永遠の恋人』ヨーハン……『約束の二人《エンゲージ・リンク》』の、名であります」

シャナが、先の言葉を怪訝《けげん》な顔で繰り返す。

「戦いたく、ない？」

「どういう意味だ？」

訊《き》く悠二《ゆうじ》を、険《けん》のない平穏《へいおん》な瞳に映し、ヴィルヘルミナは答える。

「戦う前の質問に、まず答えるのであります」

「秘匿《ひとく》情報」

ティアマトーの一言で、空気に緊張《きんちょう》が走る。

その中、ヴィルヘルミナは、おもむろに口を開く。

「〝壊刃《かいじん》〟が受けた指令《しれい》は、恐らく『零時迷子《れいじまいご》』の奪取《だっしゅ》」

シャナが不審気《ふしんげ》に訊《き》く。

「えっ、でも、『約束の二人《エンゲージ・リンク》』を敵に回してまで欲しがるような物じゃないって……」

ヴィルヘルミナは、悠二を見つめたまま、言う。

「貴方《あなた》に、未だ強力な『戒禁《かいきん》』がかかっている理由でも、ある」

「えっ」

「〝壊刃《かいじん》〟サブラクによる痛撃《つうげき》を受け、ヨーハンを破壊されそうになったフィレスは、『零時迷子《れいじまいご》』の中にヨーハンを封じ、転移《てんい》させたのであります」

「……封じ……なん、だって……？」

悠二《ゆうじ》は恐怖の情報に触れて青ざめ、シャナは唇をグッと引き結ぶ。

「転移とは、この世と〝紅世《ぐぜ》〟の『狭間《はざま》の物体』たる宝具《ほうぐ》が、この世に開いた〝紅世《ぐぜ》〟の穴、即ちトーチを自動的に塞《ふさ》ぐ現象であります。宿主《やどぬし》のトーチという存在が消えた瞬間、宝具は次の穴へと、ランダムに転移する……フィレスはその現象を利用して、奪取寸前《だつしゅすんぜん》の『零時迷子《れいじまいご》』を守った……いえ、愛するヨーハンを、逃がしたのであります」

「ま、待ってくれ！　じゃあ、じゃあ、僕の中には⁉」

「そう。……あるのは、『零時迷子《れいじまいこ》』ではない……己《おの》が復活の扉をフィレスが叩《たた》くときを待つ……『永遠の恋人』ヨーハンそのものであります」

「そん、な――っ」

悠二は、座っていた腰を、さらに抜かしてへたり込んだ。自分の中に、目覚めを待つ誰かがいる――自分は、卵の殻《から》に過ぎないかもしれない――その衝撃《しょうげき》に、力が、抜ける。

隣《となり》にあるシャナが、そんな少年の肩に手を添え、しかしヴィルヘルミナに強く尋《たず》ねる。

「じゃあ、なぜヴィルヘルミナは……その、友達だった〝紅世《ぐぜ》の王〟のために悠二を囚《とら》えたりしないで、また数百年を……もしかしたら、ずっと見つからないままかもしれない無作為《むさくい》転移をさせようと思ったの？」

ヴィルヘルミナは事態の核心《かくしん》を突く少女の質問に、ややの沈黙《ちんもく》を置いて答えた。

「それこそが、呪《のろ》い」

「悪夢《あくむ》」

不吉《ふきつ》な二人の声を、アラストールが質《ただ》す。

「できるだけ、事実を正確に頼む」

自分という存在への裁断《さいだん》が下るときを待つ悠二に、

「瀕死《ひんし》のフィレスがヨーハンの存在を封じ、転移させるまでの、ほんの僅《わず》かな間に……」

ヴィルヘルミナは、終《つい》の回答を、腸《はらわた》の捻《ね》じ切れるような声で搾《しぼ》り出す。

「……私たちだけが、見ていたのであります。〝壊刃《かいじん》〟が、見たこともない型の自在式《じざいしき》を『零時迷子《れいじまいご》』の循環部《じゅんかんぶ》、『永遠の恋人』ヨーハンを構成する部位に打ち込み、劇的に変異《へんい》させたところを。蝕《むしば》むように、貪《むさぼ》るように、狂いと変化が起こり……そして」

「転移」

遠く離れた日本、御崎市《みさきし》に。

トーチとなった、坂井《さかい》悠二の、中に。

シャナと出会う数日、あるいは数秒、前に。

（……僕は、なんなんだ？）

悠二《ゆうじ》は、知らず自分の胸を押さえていた。そこに本当はあるはずのない心臓が、内側から大きく掌《てのひら》を叩《たた》いている。息が、本当に苦しい。

（……この奥に、なにがある？）

その懊悩《おうのう》をヴィルヘルミナは見て、しかし平淡《へいたん》に語る。

「あのとき、『零時迷子《れいじまいご》』に何が起きていたのかは不明でありますが、あれだけ構成を司《つかさど》る部位《いぶ》の式を狂わされ変えられた以上、彼の復活はおろか、不期《ふき》の災害《さいがい》発生すら、有り得る……」

「存在、変異《へんい》」

「彼女は、このことを知らない……だから今も、『零時迷子《れいじまいご》』を追い求め続けている、必ずやってくる……彼女に『零時迷子《れいじまいご》』は渡せない……渡して、絶望など……させられない」

言う間に目線《めせん》を床に落とすヴィルヘルミナに、シャナは言う。

「させられない、じゃなくて、させたくない、、、、、のね？」

「……」

ヴィルヘルミナの沈黙《ちんもく》は、無言の肯定に他ならなかった。

そんな同志を、アラストールが重く断罪《だんざい》する。

「なるほど。戦いたくない、というのは、そういうことか。かの〝王〟とそこまでの友誼《ゆうぎ》を結んだ、と……フレイムヘイズの使命に名を借りて、己《おのれ》の対峙《たいじ》すべきものから、逃げようとしていた、と言うのだな」

シャナは、静かに怒る。

「なんで、自分はそうなのに、私から悠二は取り上げようとしたの……？」

問いかけられたヴィルヘルミナは、強く見つめた。

「知られたくなかったのであります。戦友への誓いの形、あの男の愛の証《あかし》たる『完全なるフレイムヘイズ』に最も近い場所にいる私が、情《じょう》のために動いていることを」

いつか夢見て、いつか愛して、いつか恨《うら》んで、いつか許した、少女を。

「恐れていたのであります。知られることで、私が望み、彼女が残し、彼が託した『完全なるフレイムヘイズ』が、私のせいで変わってしまうことを」

自分が、誇りとともに世へ送り出した、一人のフレイムヘイズを。

「取り除きたかったのであります。あなたが変わってしまう全ての要因、元凶《げんきょう》、状況、生活、その全てを……傲慢《ごうまん》にも、恣意《しい》と、暴力で」

見つめて、涙を零《こぼ》した。

情《じょう》に囚《とら》われる本心、身勝手《みがって》な理由の怒り、少女に強制する醜《みにく》さ、全てを使命の陰に隠《かく》し、あくまで我《が》を通そうとした。その愚行《ぐこう》を、分かっていても止められなかった。

自分たちの築いた全てが、崩れ去るような気がして。

しかしその少女は、一人頷いて言う。

「決めた」

「……え、っわ⁉」

シャナは、悠二《ゆうじ》を支えていた肩をグッと引き、両肩を捉《とら》えて向き合った。

恐怖に呆《ほう》けていた少年は、灼眼《しゃくがん》の煌《きらめ》きを受け、引《ひ》っ叩《ぱた》かれるように目覚める。

「シャナ……」

「悠二、『零時迷子《れいじまいご》』がどんな危険を孕《はら》んでいるか分からない以上、それを不用意な転移《てんい》で野《の》放《ばな》しにはしない。だから、悠二も覚悟《かくご》を決めて」

悠二は、胸を押さえていた手を、そのまま握った。

(恐いけど)

という前置きを飲み込んで、頷《うなず》く。

「分かった」

シャナはその内心を見透《みす》かしたようにクスリと笑い、首にかけたペンダントを見る。

「アラストール、悠二は破壊しない。しばらくここに留まって情報を収集《しゅうしゅう》する。いい？」

「うむ。動こうにも情報の量が寡少《かしょう》に過ぎる。当面は坂井《さかい》悠二を餌《えさ》に、見えぬ敵の正体と出方を探るとしよう」

「道具の次は餌か……ひどい扱いだな」

「状況的な事実ってやつよ。頑張《がんば》れば、別の呼び名が付くかもね」

期待を込めてシャナは笑った。

悠二は溜息《ためいき》を吐《つ》きつつも、自分の今を整理する。

「とりあえず、現状は維持。期待していた謎《なぞ》も解けない。それどころか、もっとわけの分からない存在だって分かる。フィレスって人も追っかけてくる。自在式《じざいしき》を用意した奴《やつ》もいる……もう、どうにでもなれって感じだな」

「覚悟《かくご》は？」

悪戯《いたずら》っぽく笑う少女に、不貞腐《ふてくさ》れた風に、しかし先までの恐怖を押しのけて答える。

「決めるよ、決めるしかないじゃないか」

そんな二人の遣《や》り取りを傍《そば》から眺《なが》めていたヴィルヘルミナは、深く微《かす》かに笑った。

（私の役目は……終わっているのでありますな）

と、少女が少年を離し、自分に向き合っている。

「ヴィルヘルミナ、私はその〝紅世《ぐぜ》の王〟が来たら、全部言うよ。全部言って、それから、どうするかを決める」

その宣言には、余計《よけい》な感情はない。

堂々たる、自己の進む道の表明《ひょうめい》だった。

「私は、自分で考えて、自分で決めて、自分で行動する。そう育ててくれたのは、アラストールとシロと、ヴィルヘルミナなんだから」

もう一度、アラストールが口を開く。

「錯覚《さっかく》だったのだ、『万条《ばんじょう》の仕手《して》』」

深く強く、自らの感慨《かんがい》を語る。

「我々が『完全なるフレイムヘイズ』を作り上げたわけではない。我々は、その材料を供したのみ。本当に作り上げたのは、ここにいる彼女なのだ」

胸元で彼に言わせるまま、シャナは立ち上がる。

「結果が全く軌《き》を一《いつ》にし、我ら自身がフレイムヘイズの使命に凝《こ》り固まっていたがために、なおさら気付き難い。全てに強制できるのは彼女だけであり、フレイムヘイズとしての使命に、まして我らの愛情ごときに、拘束《こうそく》力など、ない」

封絶《ふうぜつ》の中を修復《しゅうふく》するために、人差し指を天にかざす。

「彼女自身が、我らの使命に殉《じゅん》じる意味を見出して選び、その道への敬意をもって真摯《しんし》なる遂《すい》行《こう》を誓ったのだ。ゆえにこそ、我も契約で応えた」

その指先から散った紅蓮《ぐれん》の火《ひ》の粉《こ》が、破壊された場所に、物に宿り、修復してゆく。

「尊敬《そんけい》すべき人間に。対等の同志として」

傷だらけの、しかしあまりにも見事に屹立《きつりつ》する、一個のフレイムヘイズ。

　ヴィルヘルミナは静かに、その『偉大なる者』の姿を見上げていた。

　パビリオン裏のベンチに座っていた吉田《よしだ》は、目を開けた。

　悠二《ゆうじ》が照れくさそうに笑って、

「やあ」

　と言う。なぜか彼は、ファンシーパーク土産《みやげ》の長袖《ながそで》ジャケットを着ていた。

「終わったん、ですか？」

「まあね。ちょっとこじれたけど、概《おおむ》ねめでたし、かな」

　笑う彼の襟元《えりもと》に、ものすごい痣《あざ》が覗《のぞ》いた。身動きにも、どことなく痛みをかばうようなぎこちなさがある。

「怪我《けが》を……？」

　心配する少女を元気付けようと、悠二は努めて軽く言った。

「大丈夫、ボロボロになっても、どうせ今夜十二時には全快するんだ」

　そう少年が気遣《きづか》ってくれることへの嬉《うれ》しさの陰に、

（……）

　吉田はふと、感じた。それを、それが生まれたことを恐怖して、慌《あわ》てて自分の想いを、声に行為に込めて立ち上がる。

「ほ、本当に、大丈夫ですか？」

「大丈夫よ、もう零時《れいじ》に怪我《けが》が回復することは確認済《ず》み」

その後ろからやってきたシャナが、代わりに答えた。

「それより、戦闘で服がボロボロになったことの言い訳を考える方が大事」

彼女も同じく、ファンシーパーク土産のジャージ上下を着ている。彼女の方には、怪我らしい怪我は見られない。服だけを破くなり燃やすなりしてしまったのだろう、と思う。

（そう）

そういうものなのだ――と、また感じて、吉田《よしだ》は悲しくなる。

「カルメルさんが僕やシャナとケンカして破った、って感じで泥を被《かぶ》ってくれるらしいんだけどね。父さんにも口裏《くちうら》を合わせてくれるように、今話《いま》を付けに行ってるみたいだ」

生死の遣《や》り取りの後にも平然としている少年を、吉田は黙って見つめる。見つめて、今感じたものを誤魔化《ごまか》すため、今を繋《つな》ぎとめるために立ち上がり、

「大丈夫、なんですよね」

彼の手を握る。

「あっ!?」

その行為に驚いたシャナが叫んで、対抗するつもりか、もう片方の手をがっしり握る。

「んがっ⁉　痛たたた！　シャナ、強い強い⁉」

「吉田一美《かずみ》も握ってるのに、なんで私だけに注意するのよ！」

「私はそんな握り潰《つぶ》すようにはしてないもの！」

いつものように、悠二《ゆうじ》を挟んで騒がしく言い争う。

必死に想い、頑張《がんば》って張り合う、いつもの遣り取り。

しかし吉田は、それらの中に、小さな気持ちが滲《にじ》み出しているのを感じていた。

それは、二人に対して抱いた、『人間ではない、なにか別の存在』という距離。

それが恐くて、それを感じた自分が悲しくて――でも、手を離したくなかった。

「痛っ⁉　って、よよ、吉田さんまで⁉」

「そっちもやってるじゃない！」

「シャナちゃんがするから釣《つ》られただけ！」

絶対に、離したくなかった。


騒ぐ三人の声を近くに聞いて、ベンチに座るライオンは、肩に笑いの弾《はず》みを持たせた。

その彼に、恬淡《てんたん》と歩み寄る人影《ひとかげ》がある。織り直したワンピースにヘッドドレスとエプロン、全て純白の衣装に身を包んだヴィルヘルミナだった。

「……」

ベンチの前まで来て、ライオンの顔を凝視《ぎょうし》すること数秒、静かにその隣《となり》に座る。

ライオンは、何も尋《たず》ねなかった。それまでの姿勢で、相手の時が満ちるのを待つ。

お互い視線は向けず、ベンチの正面、歓声と音楽に沸《わ》くファンシーパークの情景を、遠く見つめる。

「……」

また数秒の躊躇《ためら》いを空《あ》けてから、ヴィルヘルミナは口を開いた。

「親たる者に、少し話を伺《うかが》いたいのでありますが」

ライオンは、深く静かに、その呼びかけに答える。

「いいとも。困った人の相談に乗るのが、私の仕事だ」

エピローグ

誰にとっても酷《ひど》い騒ぎのあった翌朝《よくあさ》。

早朝鍛錬《たんれん》を終えた悠二《ゆうじ》は、昨日と同じくシャナの入浴中に、自室でアラストールと対峙《たいじ》していた。なにかと思って話を聞くと、『吸血鬼《ブルートザオガー》』を始め、宝具《ほうぐ》の扱いや〝存在の力〟の加減《かげん》、戦闘中の行動など、レクチャーという名の吊《つ》るし上げが延々続く。

シャナにも昨夜の鍛錬で似たような話をされていたため、

（なんで今さら？）

と悠二は不思議《ふしぎ》だった。

そのレクチャーの最後、アラストールはいかにも付け足しのように、言う。

「昨日の件については、改めて礼を言っておこう、坂井《さかい》悠二」

不意討《ふいう》ちのように言われて、悠二はポカンとなった。

「……」

「どうした、なにを黙っている」

「いや、アラストールが僕にお礼だなんて気持ち悪——あ、えーと、うん、変な気持ちだなあ、と思ってさ、はは、は」

ふん、とベッドの上に置かれた〝コキュートス〟が、鼻で笑った。

やはり床に正座する悠二《ゆうじ》は、自分の疑問を口にする（鼻で笑われるのはいつものことなので気にしない）。

「でも、なんでわざわざこんなときに？　普通にシャナといるときにでも言えば」

「一緒の際に、貴様《きさま》を認めるような発言をすれば、あの子に油断《ゆだん》と甘えが生じる」

「今言われたことを僕が漏らさない、って程度には、信用されてるわけだ……にしても」

悠二の可笑《おか》しげな気配を、〝紅世《ぐぜ》〟の魔神《まじん》は見咎《みとが》める。

「なんだ」

「そういうところは、やっぱり父親みたいに厳《きび》しいんだなって思ってさ」

引っかかる部分を感じて、再び問い質《ただ》す。

「まるで、そういうところ以外が情《なさ》けないように聞こえるが」

「気のせい気のせい。でも、まあ、たしかに昨日はかなり危なかったな。シャナのためにもカルメルさんのためにも、なんとか助けることができて良かったよ」

悠二は笑って話を元に戻した。

ところがアラストールは黙ってしまう。

「……」

「どうしたんだ？」

「……坂井《さかい》悠二、これからは、その覚悟《かくご》では足りぬ」

「えっ、でも」

「これからは、シャナがフレイムヘイズとして戦うだけではない。『零時迷子《れいじまいご》』の〝ミステス〟たる貴様自身《じしん》の問題にもなるのだ。他者に外から働きかけるだけの覚悟では、足りぬ」

いきなり難しい話を振られて、悠二は戸惑《とまど》った。

「……足りない？」

「そうだ、足りぬ」

悠二自身としては、できる精一杯《せいいっぱい》のことを彼女のためにやってきたつもりなのだが。

言われていることの意味――これからは、より恐ろしい自分自身の中身と対峙《たいじ》してゆかねばならないこと――問題は既に『戦うシャナという他人』ではなく、『なにかを秘めた自分』のものとなっていること――それら、もう自分が当事者であることも分かっている。

（……ん？）

今、微妙《びみょう》な矛盾《むじゅん》を感じた。

（僕という〝ミステス〟が、問題の当事者として、シャナを助ける）

思いの中で並べ、検証《けんしょう》する。

（シャナを助ける、ってのは、シャナを中心に考え、て……——そうか）

ようやく気が付いた。

足りないのは、『自分』なのだった。

彼女を中心に置いて、自分のやることを探すのではない。

自分を中心に置いて、彼女に対しなにかをぶつけるのだ。

（それが、僕からの覚悟《かくご》なんだ）

思ったとき、答えが自然に出た。

たった、一言。

「シャナを守ろう、この僕が」

「……」

アラストールが、その有り得なさ過ぎる言葉を聞いて、呆気《あっけ》に取られたのが分かった。

「……」

言った悠二《ゆうじ》自身も、あまりに身の程《ほど》知らず過ぎる言葉を反芻《はんすう》して、恥ずかしくなった。

「……」

「……」

しばらく双方とも黙って、

「…………フ、フ」

「…………ク、ククク」

そして、笑っていた。

「ッフハハハハハハハハハハ！　なんだ、それが、貴様《きさま》の覚悟だと、ハハ、ハハハハ！」

「ハハハッ、ハハハ、笑う、笑う、なよ、これでも、ハハ、必死なんだから、ハハハハ！」

大声で笑って、笑って笑って、笑って、笑い転げて、

シャナが部屋に戻ってきて変な顔をするまで、二人は笑い続けていた。

昨日の騒動《そうどう》の後、

もう大丈夫と見たヴィルヘルミナに子供らを預けた貫太郎《かんたろう》と千草《ちぐさ》は、予約を入れておいた駅前ホテルの高層バーに繰り出して、夜通し飲んでいたという。

シャナが悠二に黒焦《くろこ》げの何か（朝食であるらしい）を得意げに振る舞っている最中、二人は堂々の朝帰りを果たした。

そうして貫太郎はいきなり、

「えっ、もう出かけちゃうの⁉」

とシャナが驚くほど、口調《くちよう》はあっさり、行動は急に、自らの出立《しゆったつ》を告げた。

「今度だって休みがあったわけじゃない。家族が心配だから、と無理を言って帰らせてもらっ

たんだ。その誠実さには、やはり同じ誠実さで答えなくてはいけないと思う」

千草《ちぐさ》も心得たもので、やや酒臭《さけくさ》いニコニコ顔で言っている。

「いつものことなのよ、シャナちゃん。なかなか捕まえさせてくれない人なんだから」

その、言葉とは裏腹《うらはら》の幸せそうな笑顔を、シャナは不思議《ふしぎ》に思った。

やがて昼前、貫太郎《かんたろう》はいつものグレーのスーツにコートを羽織《はお》り、坂井《さかい》家の門前に立った。

その前には見送りとして、千草と悠二《ゆうじ》、シャナ、そして急遽《きゅうきょ》呼ばれたヴィルヘルミナと吉田《よしだ》の姿があった。

各々《おのおの》、別れの言葉をかけ、その最後に、悠二が進み出る。

「はい、これ」

と紳士《しんし》服《ふく》店のものらしい包み紙を渡す。

「ありがとう、いつも済まないな。昨日のデートで小遣《こづか》いも残り少ないだろうに」

受けとった貫太郎は、嫌味《いやみ》ではなく心底から気遣《きづか》った。

そんな父のことを分かっている息子《むすこ》は苦笑《くしょう》する。

「じゃあアップしてくれるよう、母さんに言ってよ」

「あいにくだが、予算の編成権は母さんのものだ。独自に交渉してくれ」

軽く受け流しつつ、軽く包みを開けて、胸元にやる。

「どうかな、千草さん」

中は、渋い紺地《こんじ》のネクタイだった。

まっさらな、ビニール越しの配色を見て取った千草は、頷《うなず》いて答える。

「うん、いいかも」

貫太郎も頷き返してコートの内にこれをしまい、

「さて」

と出立《しゅったつ》の合図のように、一声。

「今度の帰郷《ききょう》は、なかなかに刺激《しげき》的だったよ」

妻子《さいし》の横に並ぶ三人の女性に笑いかけ、腰を軽く折った。

「不束《ふつつか》な息子だ、どうか厳《きび》しく接してやって欲しい」

「うん、任せて」

「そ、そんな」

「はい、極力厳しく接するのであります」

三者三様《さんしゃさんよう》の答えに笑顔を、

「父さん」

恨《うら》めしげな息子にさらなる笑顔を、

「いってらっしゃい」

最愛の妻に最高の笑顔を見せて、坂井貫太郎は発《た》つ。

「いってきます」

何処《いずこ》か世の空を彷徨《さまよ》う『星黎殿《せいれいでん》』の中枢《ちゅうすう》部。

殺風景《さっぷうけい》で広いドーム状の空間に、妙《たえ》なる女性の声が響《ひび》いた。

「ふむ、さすがの〝探耽求究《たんたんきゅうきゅう》〟も手こずるか」

その中央、擂鉢《すりばち》状に階段を下った底にある巨大な竈《かまど》の前に立つのは、タイトなドレスを多くのアクセサリーで飾った、三眼《さんがん》の右目に眼帯《がんたい》という妙齢《みょうれい》の美女。

この世で最大級の〝紅世《ぐぜ》の徒《ともがら》〟の集団たる［仮装舞踏会《バル・マスケ》］の幹部、『三柱臣《トリニティ》』が一柱《ひとはしら》、参謀《さんぼう》こと〝逆理《ぎゃくり》の裁者《さいしゃ》〟ベルペオルである。

「物が物だ、慎重《しんちょう》を期すに越したことはあるまいが、だとしても三ヶ月とは長いの」

その右後方に腰を屈《かが》める悪魔《あくま》形《ぎょう》の男が、顔を伏せた下から答える。

「は、それが、その……仰《おっしゃ》るところでは『少なくとも三ヶ月』と……」

「なに？」

その呟《つぶや》きに巨人の咆哮《ほうこう》を受けるよりも身を縮こまらせて、男は弁解《べんかい》する。

「ききき、き、起動の方法よりも、まず、式《しき》全体の構造解析《かいせき》と、新規《しんき》発見事項の研究から、始めておられる由《よし》……」

その情《なさ》けない姿からは、彼が［仮装舞踏会《バル・マスケ》］の移動要塞《ようさい》『星黎殿《せいれいでん》』の守りを一手《いって》に任される

電撃文庫

空ノ鐘の響く惑星で⑥

渡瀬草一郎
イラスト／岩崎美奈子

ウルクの記憶喪失に動揺するフェリオの元にさらに悪い知らせ――タートム侵攻の報が。また来訪者の中にこの星の歴史に疑問を持つ者が現れ――!?

わ-4-16 1053

半分の月がのぼる空 looking up at the half-moon

橋本 紡
イラスト／山本ケイジ

裕一が入院先の病院で出会ったのは、めちゃくちゃわがままだけど、恥ずかしがり屋で可愛い、ひとりの少女だった――。橋本紡が贈る新シリーズ第一弾登場！

は-2-16 0850

半分の月がのぼる空2 waiting for the half-moon

橋本 紡
イラスト／山本ケイジ

裕一は悩んでいた。秘蔵のH本コレクションが里香に見つかったのだ。二人の関係がギクシャクしているなか、さらなる問題も勃発し……。シリーズ第二弾！

は-2-17 0899

半分の月がのぼる空3 wishing upon the half-moon

橋本 紡
イラスト／山本ケイジ

里香の希望で、俄かスクールライフを楽しむ裕一たち。里香の病状を知って落ち込んでいた気分も一瞬晴れたのだが……。揺れ動く裕一にさらなる試練が訪れる。

は-2-19 0986

半分の月がのぼる空4 grabbing at the half-moon

橋本 紡
イラスト／山本ケイジ

『最悪の結果』を突きつけられた裕一に追い打ちをかけるように告げられた「里香にはもう会うな」という言葉。苦しみながらも裕一はある決断をする。第4弾。

は-2-20 1051

電撃文庫

A／Bエクストリーム ニコラウスの仮面

高橋弥七郎
イラスト／金田榮路

第8回電撃ゲーム小説大賞〈選考委員奨励賞〉受賞作家の第2弾！ 仮面の道化師ニコルと謎の巨大物体を背負う美少女ルー。彼らの目的とは……!?

た-14-2 0689

アプラクサスの夢

高橋弥七郎
イラスト・メカデザイン／凪良(nagi)

〈ゾーン〉に漂う不気味な『幽霊《ファントム》』は、赤いパラソルを持つ一人の少女によって生まれた。『心穏やかに《トランクィロ》』、それが少女の夢見た世界――。奇才が放つアクションストーリー登場！

た-14-9 0950

ルカ ―楽園の囚われ人たち―

七飯宏隆
イラスト／巳島ヒロシ

もしも、世界が滅びてしまったら？ もしも、家族と信じていた人々がそうでなかったら？ もしも、自分が世界で最後の人間だったら――？ 第11回電撃小説大賞〈大賞〉受賞作。

な-11-1 1047

ひかりのまち nerim's note

長谷川昌史
イラスト／Nino

夜だけが続く日黒期がやってきてひと月。ネリムは日黒期や兄の失踪事件の謎など、この世界の『本当のこと』を探求し――。第11回電撃小説大賞〈金賞〉受賞作！

は-6-1 1048

奇蹟の表現

結城充考
イラスト／KEI

妻子を惨殺されすべてを失った男と、両親に捨てられ絶望を知った少女。心に傷を持った二人が出会う時、奇蹟は現れる。第11回電撃小説大賞〈銀賞〉受賞作。

ゆ-2-1 1049

電撃文庫創刊に際して

文庫は、我が国にとどまらず、世界の書籍の流れのなかで〝小さな巨人〟としての地位を築いてきた。古今東西の名著を、廉価で手に入りやすい形で提供してきたからこそ、人は文庫を自分の師として、また青春の想い出として、語りついできたのである。

その源を、文化的にはドイツのレクラム文庫に求めるにせよ、規模の上でイギリスのペンギンブックスに求めるにせよ、いま文庫は知識人の層の多様化に従って、ますますその意義を大きくしていると言ってよい。

文庫出版の意味するものは、激動の現代のみならず将来にわたって、大きくなることはあっても、小さくなることはないだろう。

「電撃文庫」は、そのように多様化した対象に応え、歴史に耐えうる作品を収録するのはもちろん、新しい世紀を迎えるにあたって、既成の枠をこえる新鮮で強烈なアイ・オープナーたりたい。

その特異さ故に、この存在は、かつて文庫がはじめて出版世界に登場したときと、同じ戸惑いを読書人に与えるかもしれない。

しかし、〈Changing Times,Changing Publishing〉時代は変わって、出版も変わる。時を重ねるなかで、精神の糧として、心の一隅を占めるものとして、次なる文化の担い手の若者たちに確かな評価を得られると信じて、ここに「電撃文庫」を出版する。

1993年6月10日
角川歴彦

電撃文庫

灼眼《しゃくがん》のシャナIX

高橋弥七郎《たかはしやしちろう》

◆◇◇

2005年2月25日　初版発行
2023年10月25日　33版発行

発行者　山下直久
発行　株式会社KADOKAWA
〒102-8177　東京都千代田区富士見2-13-3
0570-002-301（ナビダイヤル）
装丁者　荻窪裕司（META＋MANIERA）
印刷　株式会社 KADOKAWA
製本　株式会社 KADOKAWA

ISBN978-4-04-868718-8　C0193　Printed in Japan

電撃文庫　https://dengekibunko.jp/

本書に対するご意見、ご感想をお寄せください。

■

あて先

〒102-8177 東京都千代田区富士見2-13-3
電撃文庫編集部
「高橋弥七郎先生」係
「いとうのいぢ先生」係

■

◉高橋弥七郎著作リスト

「A／Bエクストリーム　CASE-314［エンペラー］」（電撃文庫）
「A／Bエクストリーム　ニコラウスの仮面」（同）
「アプラクサスの夢」（同）
「灼眼のシャナ」（同）
「灼眼のシャナ　II」（同）
「灼眼のシャナ　III」（同）
「灼眼のシャナ　IV」（同）
「灼眼のシャナ　V」（同）
「灼眼のシャナ　VI」（同）
「灼眼のシャナ　VII」（同）
「灼眼のシャナ　VIII」（同）

どうぞよろしくおねがいします
m(_ _)m

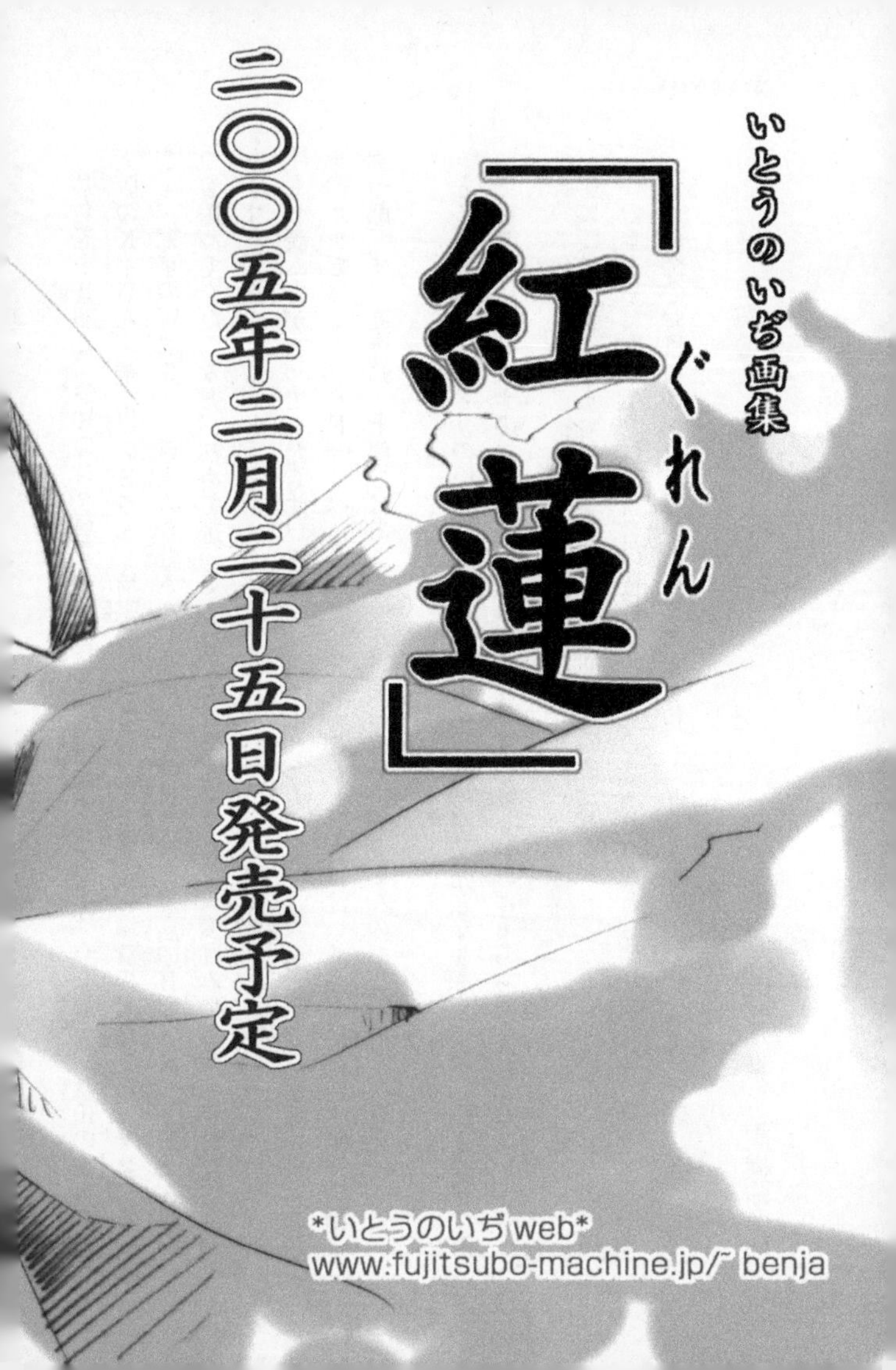
いとうのいぢ画集
「紅蓮《ぐれん》」
二〇〇五年二月二十五日発売予定
いとうのいぢweb
www.fujitsubo-machine.jp/~ benja

県名五十音順に、愛知《あいち》のN々垣《がき》さん、Y口《ぐち》さん、青森《あおもり》のK田《だ》さん、Y谷《たに》さん、秋田《あきた》のO野さん、大阪のK本《もと》さん、神奈川《かながわ》のSさん、埼玉《さいたま》のK塚《づか》さん、T木《ぎ》さん、滋賀《しが》のK島《じま》さん、千葉《ちば》のY村さん、東京のW部《べ》さん、新潟《にいがた》のS野《の》さん、福岡《ふくおか》のY野目《のめ》さん、福島《ふくしま》のH間《ま》さん、Y田《だ》さん、いつも送ってくださる方、初めて送ってくださった方、いずれも大変励《はげ》みにさせていただいております。どうもありがとうございます。アルファベット一文字は苗字《みょうじ》一文字の方です。

もし読み方が違っていたらすいません……そう、読みといえば、参謀閣下《さんぼうかっか》の名前は「PE《ぺ》」ルペオルではなく「BE《べ》」ルペオルです。間違われると彼女は泣いてしまいます。私は高橋・弥七郎です。高橋弥・七郎ではありません。別に泣いていませんのでご安心ください。


ところで近日、いとうのいぢさんの初の画集『紅蓮《ぐれん》』が発売となります。頂いたご要望に沿って書き上げたシャナの短編も収録されております。宜《よろ》しければそちらもご覧《らん》ください。

なにげに上手《うま》く埋まったようなので、今回はこのあたりで。

この本を手に取ってくれた読者の皆様に、無上《むじょう》の感謝を、変わらず。

また皆様のお目にかかれる日がありますように。

二〇〇四年十一月　　高橋弥七郎

あとがき

はじめての方、はじめまして。
久しぶりの方、お久しぶりです。
高橋弥七郎《たかはしやしちろう》です。
また皆様のお目にかかることができました。ありがたいことです。

さて本作は、痛快娯楽《つうかいごらく》アクション小説です。今回は、メインキャストである保護者たちに、子供たちが翻弄《ほんろう》され（過ぎ）る展開です。次回は、少し変わった本になると思います。テーマは、描写《びょうしゃ》的には「強情《ごうじょう》っぱりの苦悩《くのう》」、内容的には「かくしごと」です。強硬派《きょうこう》の姑《しゅうと》襲来《しゅうらい》に、悠二《ゆうじ》とシャナは戦々恐々《せんせんきょうきょう》。吉田《よしだ》さんも絡んで、騒動《そうどう》が起きたり起きたり起きたり。

担当の三木《みき》さんはタフネゴシエーターです。営業さんに校閲《こうえつ》さん、他部署《たぶしょ》他業種《たぎょうしゅ》諸々《もろもろ》に日夜戦ってくれています。もちろん作者ともサービスシーン採用を巡り戦斧断撃《せんぶだんげき》の際《きわ》（以下略）。

挿絵《さしえ》のいとうのいぢさんは、微笑《ほほえ》ましい絵を描かれる方です。得意げなネコロや照れた顔、タヌキ布の裏表紙《うらびょうし》など、思わず口元が綻《ほころ》びます。御《ご》本業が佳境《かきょう》に入られた中にも変わらず、この度《たび》も拙作《せっさく》への甚大《じんだい》なる御《ご》助力をいただけたことに、深く深く感謝いたします。

日々の中で、誰もが出会い、別れゆく。
次なる時を、期して、恐れて、また出会う。
世界は、その時を彼方《かなた》に秘め、ただ動き続ける。

〝紅世《ぐぜ》の王〟、〝嵐蹄《らんてい》〟フェコルーであるとは全く想像できない。

「カンターテ・ドミノが大御《おおみ》巫《かんなぎ》のご助力を得ることで、なんとか起動要件《ようけん》の構成を急がせてみると申しておりますが」

背を向けたままのベルペオルは、僅《わず》かに顔を上げて慨嘆《がいたん》した。

「ふむ……まあ、よいわ。いずれにせよ、大命《たいめい》の発動まで、打っておかねばならぬ布石《ふせき》は山ほどあるのだ。この間、将軍には同胞《どうほう》殺しどもの耳と脚《あし》を奪っておいてもらうとしようかね。さすれば結果的に、大命の遂行《すいこう》も滞《とどこお》りなく進むというものよ」

「は。ちょうどストラスが戦況《せんきょう》報告に戻っております。早速《さっそく》将軍閣下《かっか》に御意向《ごいこう》を通達いたしましょう」

ふむ、と答えるでもなく答え、ベルペオルは眼前の大釜《おおがま》『ゲーヒンノム』を眺《なが》める。どす黒く積もった灰は、その勾配《こうばい》によって世界地図を描いていた。その東の端、弧状《こじょう》列島たる日本を、次いで正反対、欧州《おうしゅう》に目線《めせん》を流す。

「まったく、この世は、ままならぬのう……」

呟《つぶや》き、滑《なめ》らかな頬《ほお》に指を添えて、嘲《あざわら》う。

たまらないという風に、薄い唇の両端を釣《つ》り上げて、嘲う。

「……ままならぬ、まったく、ままならぬ……ふ、ふふ、ふふふ」

困ったように、しかし、それをこそ、嘲う。